karo♦kiezkrimi 03 …

Barbara Gantenbein

Todesspiel in Friedenau

Kriminalroman

edition ♦ karo
Berlin 2009

Die Deutsche Bibliothek: – CIP-Einheitsaufnahme
Ein Titeldatensatz für diese Publikation ist bei
der Deutschen Bibliothek erhältlich.
Barbara Gantenbein:
Todesspiel in Friedenau – Kriminalroman
karo kiezkrimi 03

1. Auflage

im Verlag Josefine Rosalski, Berlin
www.edition-karo.de

Umschlagfoto Berlin Friedenau 2009: Verlag Josefine Rosalski
Umschlaggestaltung: Katharina Joanowitsch, Hamburg
Druck u. Verarbeitung: Verlagsservice Niederland GmbH, Frankfurt/Main
Gedruckt in Deutschland
ISBN 978-3-937881-08-9

MONTAG

4:32 Uhr

Der sterbende Mann versuchte zu schreien. Aus seinem Mund blubberte Blut, mehr als ein röchelndes Zischen war nicht zu hören.

Seine Panik war unbeschreiblich, größer als sein Schmerz, größer als sein Selbst. Die Panik erfüllte alles, stieg heiß von seiner durchbohrten Brust auf bis zur schweißüberströmten Stirn, schien seine Augen aus den Höhlen zu treiben. Der Mann konnte sich nicht rühren, nicht wehren, nicht mehr atmen.

Seine Gedanken starben zuerst, erdrückt von einem stummen Schrei. Als der Tod kam, fühlte er es nicht mehr. Das Leben entglitt ihm wie das Wachsein dem Schlaf.

5:16 Uhr

Mara Baume lief langsamer, als sie die Rheinstraße erreichte. Sie war immer vorsichtig, wenn sie die vierspurige Straße überquerte, sogar morgens um fünf.

Ihre neuen Laufschuhe aus dem kleinen Laden in der Nähe vom KaDeWe fühlten sich gut an. Sie hatte fünf Paar ausprobiert, auf dem Laufband im Laden und auf der Straße, bevor sie sich für dieses Paar entschieden hatte. Obwohl ihr die Farbkombination missfiel: Hellblau mit Weiß und Orange. Aber egal, beim Joggen ging es um die Passgenauigkeit, nicht um die Optik. Und in Sachen Komfort waren die geschmacklosen Teile unschlagbar.

Die Rheinstraße war leer, keine Radler, keine Autos, nicht mal Hundeleute, niemand war um diese Uhrzeit unterwegs.

Mara lief weiter die Stierstraße entlang auf ihrem Weg in Richtung Volkspark Wilmersdorf. In den hohen Fenstern der gepflegten Gründerzeit-Altbauten war nirgendwo Licht zu sehen. Friedenau schlief tief und fest. Es war noch dämmrig, aber bis sie die »Mörderseite« erreichen würde, war die Sonne aufgegangen.

Vor mittlerweile sechs Jahren war ein Jogger im Park erstochen worden – auf der Seite östlich der Prinzregentenstraße. Mitten im Winter, an einem vereisten, düsteren Tag morgens gegen sieben Uhr. Das Verbrechen war nie aufgeklärt worden. Seitdem war Mara die östliche Parkseite unheimlich, sie vermied es, allein im Dunklen dort zu laufen, obwohl sie wusste, wie irrational das war.

Die andere Parkseite war jetzt genauso duster und einsam. Aber dort war eben nichts passiert. Ein schlichter Gedenkstein, an dem von Zeit zu Zeit Blumen niedergelegt oder Friedhofskerzen in roten Plastikbechern entzündet wurden, erinnerte Vorbeikommende an den toten Jogger.

Am Ende der Stierstraße, kurz vor der Kreuzung Hähnelstraße, hatte Mara ihren Laufrhythmus gefunden. 116 Herzschläge pro Minute zeigte die Pulsuhr, sie war ja auch eben erst gestartet.

Die Luft war noch frisch und kühl von der Nacht, die Vögel sangen bereits aus vollem Hals, noch störte kein Verkehrslärm – es war die schönste Zeit für einen Lauf. Maras Kopf wurde frei bei Joggen, kraftvoll und gleichmäßig trabte sie in Richtung Perelsplatz. Ihre dicken, braunen Locken wippten rhythmisch.

Als sie den Brunnen umrundet hatte, warf sie einen kurzen Blick auf den leeren Spielplatz zu ihrer Linken. Ihr vierjähriger Sohn liebte die große Holzeisenbahn dort, er konnte stundenlang Schaffner, Lokführer, Zugkellner spielen.

Sie schaute wieder nach vorn, um einer großen, schlammigen Pfütze mitten auf dem Weg auszuweichen, aber irgendetwas hatte sie irritiert drüben auf dem Spielplatz. Ohne ihr Tempo zu drosseln, blickte sie wieder nach links. Vor Entsetzen stolperte sie fast über ihre eigenen Füße. Sie gab einen merkwürdigen Laut von sich, halb Schrei, halb Stöhnen. Ungläubig starrte sie auf das Bild, das sich ihr bot:

Ein Mann, angebunden mit einem dicken Seil an die mächtige Eiche zwischen Rutsche und Schaukeln, gefesselt wie an einen Marterpfahl, durchbohrt von einem Pfeil mitten in seiner Brust.

Mara Baume war eine unerschrockene Frau, selbstbewusst, fast einen Meter achtzig groß, sie war keine, die sich leicht aus der Fassung bringen ließ. Aber in diesem Moment zitterten ihre Hände so stark, dass sie kaum den Reißverschluss ihrer Laufjacke aufbrachte, um nach dem Handy zu greifen.

Während sie sich abmühte, blickte sie wild um sich, ob irgendwo etwas Verdächtiges zu sehen sei. Doch der parkähnliche Platz war menschenleer.

Mara zögerte, als sie das Handy endlich aus der Jacke gepult hatte. Notruf – oder Kamera?

Oh Gott, dachte sie, diese Bilder hatte sonst keiner. Der Mann war tot. Oder nicht? Scheiße, was sollte sie nur tun?!

5:22 Uhr

Dich nicht geliebt zu haben, wäre weniger schlimm gewesen, als dich geliebt zu haben. Zumindest geringfügig ..., hatte er gerade auf ein leeres, weißes Blatt geschrieben. Er war unrasiert, rotäugig und hohlwangig, mit einem Ellbogen auf den Küchentisch gestützt, als Mara zur Tür hereinstürzte. »Ich brauch meine Kamera«, flüsterte sie, »sofort!«

Anton schaute auf: »Ich verlasse dich.«

»Ja, ja – ich kann jetzt nicht«, antwortet sie.

Anton sagte wieder, laut diesmal: »Ich verlasse dich!«

»Schsch, du weckst Gregor«, antwortete Mara, während sie ihre Kamera einpackte. Dann stutze sie: »Was hast du gesagt?«

»Ich verlasse dich«, sagte Anton zum dritten Mal, nicht mehr ganz so nachdrücklich wie beim zweiten Mal.

»Bist du bescheuert?!«

»Wie?« Mit allem hätte Anton gerechnet, von Tränen bis hin zu coolem Achselzucken. Nur nicht mit dieser Reaktion.

Mara sah ihn prüfend an: »Wir reden später drüber. Ich kann jetzt echt nicht, da ist ein Mann am Baum – ach, ich erklär dir das später!«, und mit einem bittenden Unterton: »Bringst du Gregor in den Kindergarten? Danke! Bin weg!«

Anton kam nicht mal mehr zum Antworten. Fassungslos schaute er seiner Frau hinterher. Hallo?!, wollte er rufen, denkst du eigentlich nur an deinen Job? Ist der dir so viel mehr wert als ich? Ich will dich verlassen – und du gehst drehen? Ich glaub das nicht!

Er konnte nicht ahnen, worüber seine Frau wenige Minuten zuvor gestolpert war. Wenn er es gewusst hätte, wäre seine Reaktion wohl eine andere gewesen.

Anton war ein ruhiger Mann, einer, der erst dachte und dann handelte. Er entwickelte und programmierte Lernsoftware für Kinder. Sein kleines Arbeitszimmer in der Fünfzimmer-Altbauwohnung in der Hedwigstraße sah aus wie eine Bibliothek voller Nachschlagewerke zu allen möglichen

Sachgebieten. Es war das Durchgangszimmer zu Maras genauso kleinem Arbeitszimmer und im Gegensatz zu ihrem immer akribisch aufgeräumt. Es machte ihn wahnsinnig, wenn sie auf dem Weg in ihre Chaosbude Papiere, Tüten oder Klamotten in seinem Zimmer liegen ließ – was dauernd vorkam, weil Mara eben einfach so war. Impulsiv, immer auf dem Sprung, ständig in Eile.

Seit sie als Videojournalistin drehte, war es noch schlimmer geworden. Für ihren Sender *Info TV* arbeitete sie nicht nur als Reporterin mit Kamerateam, sie drehte und schnitt auch oft selbst. Und damit waren ihre Arbeitseinsätze noch unberechenbarer geworden – so wie jetzt.

Aus dem Kinderzimmer rief eine energische Stimme laut: »Maaama!«, aber weil die mal wieder unterwegs war, musste der vierjährige Gregor mit Papa Vorlieb nehmen.

5:35 Uhr

Mit ruhiger Hand wählte Mara 110. Sie hatte ihren VW Touran an der Ecke Lauterstraße/Perelsplatz geparkt und die Kamera drehfertig gemacht. Das ging ruckzuck, denn ein frisches Band war ohnehin immer drin, die Akkus im Kamera-Rucksack geladen, die Stativplatte angeschraubt.

Während sie darauf wartete, dass bei der Polizei jemand abhob, schoss ihr durch den Kopf, dass schräg gegenüber ein Bestattungsunternehmen war, gleich hier in der Lauterstraße. Ob die wohl den Toten bekämen? Nein, der würde erst in die Gerichtsmedizin kommen, und wer wusste schon, ob die mit irgendwem Verträge hatten. Oder kümmerten sich die Angehörigen darum, wenn man wüsste, wer der Mann war?

Jetzt, nachdem sie sich entschieden hatte, war Mara die

Ruhe selbst. Schnell den Notruf absetzen, dann drehen – und sofort in den Sender mit den Bändern. Damit die Polizei ihr keine Behinderung der Ermittlungsarbeiten vorwerfen konnte, hatte sie den zeitlichen Ablauf genau kalkuliert. In der Einsatzzentrale würde man natürlich den Zeitpunkt des Notrufs vermerken. Auch im Sender wurde die Uhrzeit erfasst. Und auf ihrem Kameraband konnte man, wenn man einen bestimmten Modus wählte, ebenfalls sehen, wann und mit welchen technischen Parametern sie gedreht hatte.

Um 5:36 nahm der Diensthabende bei der Polizei ab.

»Ich möchte einen unnatürlichen Todesfall melden. Mein Name ist Mara Baume, und ich bin am Perelsplatz in Berlin-Friedenau. Auf dem Spielplatz hier ist ein toter Mann an einen Baum gefesselt«, sagte Mara.

»Können Sie das bitte wiederholen?«, kam es vom anderen Ende zurück.

»Natürlich.«

Während Mara alle Fakten durchgab und versprach, bis zum Eintreffen der Polizei vor Ort zu bleiben, trat sie mit ihrer Kamera in der Hand bereits durch die niedrige Schwingtür auf den Spielplatz. Wieder stockte ihr kurz der Atem beim Anblick des ermordeten Mannes – denn daran, dass er ermordet worden war, gab es keinen Zweifel.

Unmittelbar nachdem sie aufgelegt hatte, rief sie im Sender an: »Mara hier. Steffi, ich habe Hammerbilder: Hier in Friedenau ist ein Toter auf dem Spielplatz, sieht aus wie am Marterpfahl. Ich hab der Polizei Bescheid gesagt und dreh jetzt, schick mir 'ne Taxe her, dann bekommst du sofort die Bänder.«

Stefanie Hausmann, die Chefin vom Dienst in der Frühschicht, holte tief Luft: »Wow. Hast du Fakten?«

»Nee, war joggen. Bin quasi über ihn gestolpert. Steff, ich muss voran machen, die Polizei kommt gleich.«

»Klar. Taxi schick ich los. Bis dann.«

Die beiden Frauen arbeiteten seit fast acht Jahren zusammen, waren beide vom Sendestart an bei *Info TV*. Stefanie hatte ursprünglich auch als Reporterin gearbeitet, sich dann aber bei der ersten Gelegenheit für eine Karriere im Innendienst entschieden. Zuerst war Mara nicht gerade begeistert gewesen, als ihr die jüngere Kollegin vor die Nase gesetzt wurde. Doch die 32-Jährige machte ihren Job gut, und schon bald hatten die beiden Frauen sich auch privat angefreundet. Die 37-Jährige Mara sah sich ohnehin eher als »Frontschwein«, wie sie selbst es nannte, eben als diejenige, die vor Ort Bilder und Informationen sammelte. Vor Gregors Geburt war sie in der ganzen Welt herumgeflogen, hatte live berichtet – egal, ob es um Naturkatastrophen, Oscar-Verleihungen oder deutsche Geiseln ging. Nur Kriegsberichterstattung hatte sie immer abgelehnt. Zu viel Blut, zu viel Leid, zu viel Elend.

Trotzdem war dieser Mann beileibe nicht Maras erste Leiche. Während sie eine Nahaufnahme des Pfeils in seiner Brust drehte, dachte sie, dass sie diese Todesart allerdings noch nie gesehen hatte.

Zügig und systematisch drehte sie Bild auf Bild: Totale Spielplatz. Totale Mann am Baum. Brustbild. Gesicht nah, Pfeil und Seile nah. Sorgfältig achtete sie darauf, mit ihrem Stativ nicht zu dicht an den Toten heranzugehen, um keine Spuren zu zerstören. Als sie die Polizeisirenen hörte, hatte sie das Wichtigste im Kasten. Mara wechselte rasch die Kassette.

Jetzt noch die eintreffenden Streifenwagen, die Polizisten, die das Gelände absperrten, ein paar Flatterbänder, und die erste Ladung konnte in den Sender.

Mist, dachte sie, dieser blöde Taxifahrer. Fuhr ihr genau ins Bild und machte die Polizeiankunft kaputt. Dann riss sie sich zusammen. Der Mann konnte schließlich nicht wissen, dass hier gedreht wurde – oder sonst irgendwas.

»Was machen Sie da? Hören Sie sofort auf!«, schrie sie der erste Polizist an.

Mara hielt lakonisch ihren Presseausweis hoch, der an einem Band um ihren Hals baumelte. »Ich bin diejenige, die sie angerufen hat.«

»Sie können hier nicht einfach drehen!«

»Doch.«

»Geben Sie mir die Bänder.«

»Nein.«

»Ich kann die Kamera beschlagnahmen.«

»Ich kann unseren Hausjuristen anrufen.«

»Das ist ein Tatort. Sie dürfen nicht hinter die Absperrung.«

Mara grinste: »Welche Absperrung?«

Der junge Polizist sah sich nervös zu seinen Kollegen um, die gerade begannen, den Tatort zu sichern.

Hinter dem Uniformierten trat jetzt auch ein hochgewachsener, etwas schlaksiger, blonder Mann in Zivil hinzu. »Mara Baume. Wieso bin ich nicht überrascht?«

»Laszlo Zsögöd. Schön, dich zu sehen. Kannst du deinen Leuten bitte sagen, dass ich nur meine Arbeit mache?«

Der Blonde zog die Augenbrauen hoch und drehte sich zu seinen Kollegen um: »Macht weiter, ich kümmer mich um sie.«

Laszlo Szögöd, gebürtiger Berliner mit ungarischem Vater, war seit zwei Jahren Hauptkommissar beim LKA, Abteilung 1, Delikte am Menschen. Mord und Totschlag also. Mara und er kannten sich allerdings schon deutlich länger. Fast ihr halbes Leben lang. Vor gut achtzehn Jahren hatten sie zusammen ihr Jurastudium an der Freien Universität begonnen. Mara war nach drei Semestern zu den Psychologen »übergelaufen«, wie Laszlo es nannte, während er den Gesetzbüchern treu geblieben war und bis zum zweiten Staatsexamen durchgehalten hatte. Die meisten Kommilitonen und Freunde hatten von ihm erwartet, dass er dann als Staatsanwalt oder Richter Karriere machen würde, doch Laszlo hatte sich für die Polizei entschieden.

Mara fuhr sich durch ihre widerspenstigen Locken. Laszlo machte sie immer noch nervös. Während des Studiums hatte sie eine ausgesprochen heftige Affäre mit dem ein Jahr älteren Mann gehabt, die er abrupt beendet hatte. Bis heute wusste sie nicht genau, warum. Und irgendwie machte er sie immer noch an – unfinished business sozusagen.

»Um mich kümmern willst du dich also, hm?« Mara schüttelte lächelnd den Kopf: »Na gut, ich muss nur eben kurz zu dem Taxifahrer.«

Damit trabte sie zur Kurve rüber und gab dem am Straßenrand wartenden Mann die erste Kassette: »Bitte geben Sie die direkt an Frau Hausmann, lassen sie sie zum Empfang rufen. Es ist wichtig!«

»Isse wichtige?«, fragte der Mann zurück.

»Isse sehrrr wichtige«, sagte Mara und wiederholte: »Diese Kassette zu Frau Hausmann. Haus«, sie malte mit den Händen ein Haus in die Luft, »Mann«, sie griff sich in den Schritt, »Okay?«

Der Fahrer zeigte blendend weiße Zähne: »Okay! Wirde gemachte!«

»Baume, du Nuss, was machste denn mit dem armen Kerl? Was war'n das für 'ne Geste eben?«, fragte Szögöd, als Mara wieder bei ihm war.

Mara zuckte die Achseln und grinste.

»Hm. Du hast den Toten gefunden?«, wechselte dieser dann abrupt das Thema.

»Ja. Ich war joggen, und da hab ich ihn gesehen.«

»Seit wann joggst du mit Kamera?«

»Die war im Auto.«

»Und das Auto war praktischerweise direkt am Tatort geparkt, in zweiter Reihe.«

»Du weißt doch, dass ich 'ne Ausnahmegenehmigung hab«, verteidigte sich Mara.

Laszlo sah sie durchdringend an. Mara blickte auf ihre Hände. Laszlo wartete. Er war gut im Warten.

Schließlich gab Mara auf: »Ich war wirklich joggen, aber stimmt: Ich hab den Wagen geholt. Und dann hab ich euch angerufen. Aber gedreht hab ich wirklich erst, nachdem ich Bescheid gesagt habe!«

»Danke. Wir bleiben dann mal bei deiner ersten Version.«

»Danke dir.«

»Hast du irgendwas bemerkt?«

»Nein. Und ehrlich gesagt hatte ich im ersten Moment auch ziemlich Schiss. Ich kann dir aber sagen, was ich nicht ungewöhnlich fand.«

»Wie?«

»Na: nirgendwo Licht. Keiner auf der Straße. Kein Auto unterwegs. Die Vögel haben gezwitschert …«

Laszlo nickte: »Schon verstanden. Wer auch immer das getan hat, war schon länger weg, glaubst du.«

Mara bestätigte diese Vermutung. »Ich weiß, du brauchst meine Aussage, aber ich muss noch ein paar Bilder machen, okay? Und ich hätte gern einen O-Ton von dir.«

»Vergiss es. Wir haben noch gar nichts. Dreh von mir aus noch deine Bilder, aber dann ab aufs Revier, Protokoll machen. Und für den O-Ton gehst du über die Pressestelle.«

»Einverstanden.«

5:53 Uhr

Susanne Plaschke konnte nicht wieder einschlafen. Sie war wütend und ungeduldig. Eine Unverschämtheit, fand sie, dass ihr Mann immer noch nicht nach Hause gekommen war und nicht einmal angerufen hatte. Erreichen konnte sie ihn auch nicht, weil er sich weigerte, ein Handy zu benutzen.

Ich werde ihn rauswerfen. Ich werde ihn einfach rauswerfen, dachte sie, während sie sich von einer Seite auf die andere wälzte.

Es war nicht das erste Mal, dass Studienrat Reiner Plaschke erst in den frühen Morgenstunden heimkam. Er sei mit Kollegen unterwegs gewesen oder habe einen alten Studienkumpel getroffen, sagte er dann immer. Aber das nahm sie ihm nicht ab. Plaschke war unbeliebt, das wusste sie. Eine andere Frau, eine Professionelle, was anderes konnte nicht dahinterstecken. Aber so dreist wie diesmal war er noch nie gewesen. Fast sechs Uhr – eine Frechheit!

Bei Plaschkes hatte sie die Hosen an. Eigentlich. Wenn er nicht immer wieder Schlupflöcher fand, um ihrem Diktat zu entgehen. Susanne Plaschke hatte ein kleines Vermögen geerbt von ihrem Vater, der eine Kette von Reinigungsläden besaß. Nach seinem Tod hatte sie alle verkauft, zuletzt die am Breslauer Platz, dem Marktplatz von Friedenau. Davon konnte sie sich lange nicht trennen, denn dort hatte sie einen Großteil ihrer Kindheit verbracht. Aufgewachsen war sie in einer der wenigen kleinen Villen des Bezirks, in der Schmargendorfer Straße – dort, wo sie auch jetzt ruhelos in ihrem Bett lag. Das Haus war das Einzige aus der Erbmasse, was sie behalten hatte.

Ihr Mann war ein Arbeiterkind, das sich auf dem zweiten Bildungsweg hochgearbeitet hatte. Als sie ihn kennen lernte, verdiente er sich sein Studium in einer der väterlichen Reinigungen. Ihr Vater war von Anfang an gegen die Heirat gewesen, aber Susanne hatte sich durchgesetzt. Heute fragte sie sich, was sie damals in ihm gesehen hatte. Klar, er hatte gut ausgesehen und war intelligent, aber am meisten hatte sie sein grenzenloses Selbstvertrauen mitgerissen, ein scheinbar unerschütterlicher Glaube an die eigene Kraft und die Fähigkeit, sich etwas aufzubauen. Er war so positiv und fröhlich gewesen in den ersten Jahren.

Heute war davon nichts mehr übrig. Studienrat Plaschke war ein verbitterter Endfünfziger mit Bauch und schütterem Haar, der von allen anderen Menschen nur das Schlechteste annahm. Aus den seltenen Gesprächen, die Susanne und ihr Mann noch miteinander führten, wusste sie, wie er seinen Lehrerjob inzwischen hasste. Er war zermürbt von den immer aggressiveren Übergriffen seiner Schüler. Er konnte nicht fassen, wie wenig sie aus ihrem Leben machen wollten, wie desinteressiert sie an allem waren, was ihm wichtig und sinnvoll erschien. Er verstand sie nicht, und als Folge hatte er keinerlei Achtung vor ihnen. Entsprechend ging er mit ihnen um – ein reines Machtspiel. Das wiederum fanden seine Kollegen unerträglich und ließen ihn spüren, für wie unfähig sie ihn hielten. Freunde hatte Reiner Plaschke keine mehr, nur ein paar Bekannte von früher kamen ab und an noch vorbei.

Dass sie selbst mit schuld sein könnte am Niedergang ihres Mannes, kam Susanne Plaschke nicht in den Sinn. Ihre ständige Nörgelei an allem, was er tat, und auch an allem, was er nicht tat. Ihre unausgesprochenen Vorwürfe, dass ihre Ehe kinderlos geblieben war. Ihre Unzufriedenheit über den Stillstand in seiner beruflichen Karriere. Kurz: Dass sie ihren Mann für ein Weichei, einen Versager hielt und ihn dass täglich spüren ließ.

Mit sich selbst war sie kaum weniger unzufrieden. Einen eigenen Beruf hatte sie nie ergriffen, obwohl sie BWL studiert hatte. Jahrelang wartete sie auf den nie eintreffenden Kindersegen, bis es irgendwann für alles zu spät war. Als ihr Vater starb, widmete sie sich ganz der Verwaltung ihres Vermögens, und das erstaunlich erfolgreich – bis zum 11. September 2001. In dem Crash nach den Anschlägen halbierten sich ihre Werte. Trotzdem war noch genug übrig, um sorgenfrei und in relativem Luxus leben zu können.

Wenn nur ihr Mann anders gewesen wäre – oder ein anderer, dachte sie nun.

5:54 Uhr

Marcel, Sven und Christian ließen eine Bong kreisen. Gerade zog Marcel tief durch und reichte die Wasserpfeife dann an Christian weiter.

Dem zitterten so die Hände, dass er das Teil fast hätte fallen lassen.

»Mann, Alter, pass doch auf! Brauchste so dringend 'n Hit, oder was?«, schnauzte Marcel.

»Bin platt auf der Bereifung, war ’ne Scheißnacht«, murmelte der 16-Jährige.

»Siehst auch voll scheiße aus«, mischte sich Sven ein. Der zwei Jahre ältere Junge war der Chef des Trios. In seinem Zimmer in der elterlichen Wohnung trafen die Schüler sich meistens. Svens Vater, ein Alkoholiker, kümmerte sich nicht um sie, die Mutter schob Frühschicht als Putzfrau und kam meist erst nach Hause, wenn die Jungs schon in der Schule waren. Falls sie sich dazu aufraffen konnten, überhaupt in die Schule zu gehen.

Sven zog sich seinen Hit rein, und bevor er sich völlig in gedankenlose Lethargie versinken lies, raunzte er Christian an: »Hast guten Stoff beschafft, Alter.«

Christian brummte etwas Unverständliches. Der schwarze Afghane tat seinen Job an den Synapsen, so langsam kam der Junge zur Ruhe.

Noch vor sechs Monaten hätte er sich eine derartige Situation in seinen schlimmsten Albträumen nicht vorstellen können: morgens vor der Schule mit zwei mehr oder weniger fertigen Kiffern einen durchzuziehen, zwei Typen, die er weder mochte noch respektierte und die trotzdem die einzigen Freunde waren, die ihm noch geblieben waren. Oder was man so Freunde nennt, dachte er in seinem vernebelten Hirn.

Anders als Sven und Marcel, für die Hartz IV der ganz normale Lebensstil war, kam Christian aus einem so genannten guten Haus. Sein Vater war an der FU Professor für Mittelalterliche Geschichte, die Mutter Unternehmensberaterin. Man residierte in einer hochherrschaftlichen Jugendstil-Wohnung mit Dienstboteneingang in der Brünnhildestraße. Man hatte ein Opern-Abonnement, man empfing Gäste, man besuchte, wenn man in Berlin war, Vernissagen und Empfänge und ansonsten Kongresse und Foren in aller Welt. Natürlich hatte man eine Putzfrau, polnisch, und ein Au-pair-Mädchen, chilenisch, für Christian und seinen drei Jahre jüngeren Bruder Philipp. Man führte gepflegte und gelehrte Gespräche, nur dummerweise nicht mit seinen Kindern.

Christians Absturz war weder seinem Vater Stefan noch seiner Mutter Ute so richtig bewusst. Natürlich hatten sie mitbekommen, dass seine Noten auf dem Gymnasium so drastisch abgesackt waren, dass nur noch ein Wechsel auf die Realschule infrage kam, aber wie komplett er anschließend den Boden unter den Füßen verloren hatte, wussten nur zwei Menschen: die Putzfrau Grazyna, die seit mehr als einem Jahrzehnt dreimal in der Woche vorbeikam, um die 250 Quadratmeter große Wohnung in Ordnung zu halten, und Philipp. Und der tat alles, um den geliebten großen Bruder zu schützen. Gab ihm Alibis, lenkte die Eltern ab, versuchte immer wieder, mit Christian zu reden. Obwohl er selbst nicht verstand, was mit seinem Bruder passiert war und warum er sich im vergangenen Jahr so verändert hatte.

Das wusste nur Grazyna, die den verstörten Jungen eines Morgens auf dem Balkon vor der Küche gefunden hatte, als sie wie immer durch den Dienstboten-Eingang zur Arbeit kam. Weinend hatte er vor der Tür zum Treppenhaus gekauert, ein damals fünfzehn Jahre altes Bündel Elend, hilflos wie ein Fünfjähriger.

Grazyna hatte den Jungen in den Arm genommen, ihm einen Gewürztee gekocht und nach und nach aus ihm herausbekommen, was passiert war.

»Er hat sie verprügelt«, hatte er geschluchzt, »er hat ihr mit der Faust ins Gesicht gehauen, Grazyna, mit der Faust!«

Das Weinen hatte ihn so geschüttelt, dass er Schluckauf bekam.

»Sie ist hingefallen und … und … er hat mit dem Fuß nach ihr getreten. Mein Vater, Grazyna, mein eigener Vater hat meine Mutter getreten! Und sie hat sich nicht gewehrt!«

Grazyna strich ihm über den Kopf.

»Sie hat nur ihre Hände vor sich gehalten, so«, er zeigte es ihr, »und hat sich weggedreht. Und dann ist sie liegen geblieben, als er aufgehört hat, und ich dachte, sie ist tot …« Er zog die Nase hoch, »aber ich hab mich nicht reingetraut. Ich bin ein Feigling! Ich hätte ihr doch helfen müssen, aber ich hatte solche Angst. Er war so wütend, ich hab ihn noch nie so gesehen. Sein Gesicht, sein Gesicht war wie eine Fratze!«

»Schsch. Du hättest ihr nicht helfen können, du bist nicht feige. Er hätte dich nur auch geschlagen, und das hätte ihr noch viel mehr weh getan als die Schläge.« Ganz behutsam gelang es Grazyna, den Jungen zu beruhigen.

Für die Polin kam Christians Enthüllung nicht überraschend. Schon seit Längerem hatte sie den Verdacht, der Professor, der sich nach außen hin so kultiviert gab, könnte in seiner Ehe ein brutaler Schläger sein. Immer wieder hatte sie blaue Flecken an ihrer Arbeitgeberin bemerkt, wenn diese nur in Tanktop und Slip aus dem Badezimmer an ihr vorbei ins Ankleidezimmer gehuscht war. Einmal, vor sechs Wochen, trug Ute Scharfetter zu Hause ihre Sonnenbrille und erklärte das mit »Bindehautentzündung«. Und in ihrem Schränkchen im Bad fanden sich auffällig viele Mittel wie Voltaren oder Arnikasalbe, Coolpacks und so weiter.

Nach dem Morgen mit Grazyna in der Küche hatte Christian immer wieder mit ihr über die entsetzliche Situation gesprochen und nach und nach aus ihr heraus bekommen, warum sie so viel über Gewalt in der Familie wusste.

Grazyna kannte die Zeichen ganz einfach aus eigener Erfahrung. Jahrelang war sie zu Hause in der Nähe von Danzig von ihrem Mann verprügelt worden, bis sie irgendwann den Absprung schaffte und nach Berlin geflohen war. Weil sie wusste, wie schwer es war, sich ohne Hilfe aus dem ewigen Kreislauf von Schlägen, Entschuldigungen und gestammelten Liebesbeteuerungen zu lösen, hatte sie schon öfter überlegt, Ute Scharfetter auf die Situation anzusprechen. Aber dann erschien es ihr doch unpassend. Sie, die einfache Putzfrau, konnte der erfolgreichen Unternehmensberaterin doch nicht einfach auf den Kopf zusagen, dass sie von ihrem Ehemann geschlagen wurde – geschweige denn, Hilfe anbieten. Wie hätte die aussehen sollen? Sie bei sich in der Zweiraumwohnung in Friedrichshain aufnehmen? Ein Frauenhaus empfehlen? Undenkbar. Anzeige erstatten und womöglich damit in die Öffentlichkeit geraten? Wirklich nicht. Bei Nacht und Nebel ausziehen? Möglich, aber schwierig. Einen Grund hätte Ute angeben müssen, wenn nicht ihren Geschäftspartnern oder Freunden gegenüber, dann wenigstens gegenüber Christian und seinem Bruder. Aber dazu war es nie gekommen und weder der Junge noch die Putzfrau hatten es bisher gewagt, Ute Scharfetter auf die Prügel anzusprechen.

»Schule?«, murmelte Christian fragend in die Richtung von Sven und Marcel.

»Hhm«, kam zurück, was Christian als Bejahung interpretierte. Er kam nicht zur Ruhe, er wollte los, aber nicht allein. Nach einigem Hin und Her hatte er seine Kumpels soweit, dass sie zustimmten, ihn zu begleiten.

6:30 Uhr

Der Tote vom Perelsplatz war der Aufmacher in den Frühnachrichten bei *Info TV*.

»Mord in Friedenau. Im Berliner Bezirk Tempelhof-Schöneberg wurde gegen 5.30 Uhr heute Morgen die Leiche eines etwa 55-jährigen Mannes gefunden. Der Tote war auf einem Spielplatz an einen Baum gefesselt. Seine Brust war von einem Pfeil durchbohrt. Die Polizei hat den Tatort abgesperrt. Nähere Einzelheiten sind noch nicht bekannt.«

Während der Nachrichtensprecher mit unbewegtem Gesicht die Meldung aus dem Prompter ablas, flimmerten hinter ihm auf dem riesigen Flachbildschirm Maras Bilder.

Der Taxifahrer hatte sich Mühe gegeben und einen heißen Reifen hingelegt, damit die Kassette schnell im Sender landete. Vom Perelsplatz bis zur Budapester Straße brauchte er exakt sieben Minuten und zwölf Sekunden – da er wusste, dass auf der Bundesallee an diesem frühen Morgen keine Blitzer standen, hatte er richtig Gas gegeben.

Das Übrige erledigte Stefanie Hausmann in ihrer stressresistenten, effizienten Art: Kassette in den Schnitt, eindigitalisieren, dabei markieren, Szenen hintereinander ballern und auf die Sekunde genau live einspielen in die Nachrichten. CvD, Frühredakteure, Cutter und Regie waren perfekt aufeinander eingespielt.

Während die Nachrichten noch liefen, briefte der Früh-Assi die Moderatoren von »Guten Morgen aus Berlin«.

Die Frühsendung von *Info TV* war keine reine Nachrichten-Veranstaltung, sondern eine Mischung aus Unterhaltung und Information: aktuelle Beiträge aus aller Welt, Talk-Gäste zu den Themen des Tages, Boulevardgeschichten über Promis und bunte Meldungen. Jeden Morgen von sechs bis neun moderierten Milla Vandenberg und Martin Renz ihre drei Stunden durch, nur unterbrochen von halbstündlichen Nachrichten.

»Die Bilder sind von Mara, die hat den Typen gefunden«, sagte Uli, der Früh-Assi, zu Milla und Martin.

»Was, Mara? Ja, wo ist sie dann? Die brauchen wir hier! Jetzt!«, rief Martin.

»Klar«, kam es von Stefanie, die dazugetreten war. »Sie ist noch in der Keithstraße zum Unterschreiben des Protokolls und kommt dann sofort rein.«

»'tschuldigung«, drängte sich Inge von der Maske durch, »Milla braucht noch Puder«, und drückte der Moderatorin die Quaste auf Stirn und Nase.

»Noch zehn«, brüllte Jochen, der Aufnahmeleiter.

Stefanie drückte den Moderatoren ihre Texte in die Hand und verschwand mit Uli und Inge hinter den Kameras.

»Sie haben es eben in den Nachrichten gehört: Vor einer knappen halben Stunde wurde in Berlin-Friedenau auf einem Spielplatz die Leiche eines Mannes gefunden«, sagte Milla mit ihrem Betroffenheitsgesicht in die Kamera eins.

Martin übernahm mit ebenso ernster Miene: »Ein bizarrer Mord, denn der Tote war an einen Baum gefesselt und offenbar von einem Pfeil durchbohrt. Gefunden hat ihn unsere Kollegin Mara Baume, von der auch die folgenden Bilder stammen, exklusiv für *Info TV*.«

»Mord ab«, kommandierte der Regisseur und der Mazer startete den mit heißer Nadel gestrickten Beitrag. Gemeinsam mit Stefanie hatten Cutter und Redakteur aus Maras Video und den dürren Informationen, die diese am Telefon durchgegeben hatte, auf die Schnelle immerhin anderthalb Minuten zusammengeschnitten.

Als der Beitrag gelaufen war, nahm Martin ab: »Keine fünf Kilometer von hier entfernt – ein grauenhaftes Verbrechen. Unsere Reporterin Mara Baume, die den Toten gefunden hat, wird gleich hier im Studio sein und kann Ihnen noch mehr berichten.«

»Bleiben Sie dran«, zirpte Milla, »mehr über den Marterpfahl-Mord gleich – hier bei *Info TV*.«

»Werbung ab«, kam es aus der Regie.

6:37 Uhr

»Wo ist Mama? Wer ist der Mann am Baum? Der soll da nich sein. Das ist mein Spielplatz, oder Papa?«, fragte Gregor.

Anton strich dem Vierjährigen über den Kopf. »Ja, Schatz, der soll da nicht sein. Der ist da auch nicht mehr lange.«

»Und Mama?«

»Mama arbeitet.«

»Aber nicht so früh!«

»Doch Schatz, ausnahmsweise.«

»Das ist doof. Ich will mit Mama frühstücken.«

»Ich weiß, mein Herz. Aber heute frühstücken wir zwei allein. Okay?«

»Nö. Das ist doof, Papa.«

»Auch wenn ich dir ein Nutellabrötchen mache?««

»Nutella? Wirklich, Papa?«

Noch ließ Gregor sich leicht ablenken. Normalerweise bekam er Müsli zum Frühstück, Nutellabrötchen gab's nur im Urlaub oder mal am Sonntag. Die Aussicht auf sein Lieblingsfrühstück ließ den Vierjährigen seinen Ärger über Maras Fehlen bei Tisch vergessen.

Sein Vater tat sich da entschieden schwerer. Scheiße, dachte er, verdammt. Ein Mann am Baum, hatte sie gesagt. Warum nicht mehr? Anton hätte niemals den Fernseher angeschaltet, wenn er gewusst hätte, welche Bilder sein Sohn da zu sehen bekam. Klar war nur, dass Maras seltsames Verhalten sich in der Sendung widerspiegeln würde. Das war immer so, das kannte er schon. Nur, so was? Oh, Mann, so ging das nicht, dachte er, während er Nutella auf Gregors Brötchen verteilte und ihm einen Becher Milch dazu einschenkte. Immerhin war ihm jetzt klar, warum Mara auf seine Ankündigung, sie zu verlassen, praktisch nicht reagiert hatte.

Vielleicht ganz gut, schoss es ihm durch den Kopf, eigentlich … ach, ich weiß nicht … ich weiß nicht, was ich will.

Ein lautes Klirren riss ihn aus seinen Überlegungen.

Gregor schaute ihn aus großen Augen unschuldig an. »Is umgefallen.«

Die Milch ergoss sich in einer großen Lache über den gesamten Tisch, tropfte auf die Holzdielen und lief in die Ritzen zwischen den Brettern.

»Oh, nein, Gregor! Kannst du nicht aufpassen?« Genervt wischte Anton die Bescherung auf. In die Ritzen kam er nicht mit dem Lappen. »Na super, wenn die sauer wird, stinkt das wie der Teufel!«

»Musst du auswaschen, Papa«, erklärte das Kind, dem so ein Malheur nicht zum ersten Mal passierte und das die folgende Prozedur gut kannte.

»Ach nee, kleiner Klugscheißer«, antwortet Anton, dem seine Worte schon leid taten, kaum dass sie ausgesprochen waren.

»Klugscheißer? Kluge Scheiße? Ist die dann schlau, Papa?«

»Nein, das sagt man nur so.«

»Scheiße sagt man nicht, sagt Mama.«
»Ich auch!«
»Aber du hast eben Scheiße gesagt.«
»Hhrrrr …«

6:59 Uhr

Mara Baume saß in der Maske vor dem glühbirnenumrahmten Spiegel. Inge zog ihr mit einem dünnen Pinsel die Lippen nach: »Nicht sprechen jetzt.«

Es war nervig gewesen auf dem Polizeirevier. »Behinderung der polizeilichen Ermittlungen« oder so was stand im Raum. Sie hatte Stefanie sofort informiert, auch über den zeitlichen Ablauf, und die hatte den Hausjustitiar aus dem Bett geklingelt.

Eben kam der Chefredakteur in Begleitung des Geschäftsführers in die Maske gestürmt. Auch ihn hatte die Chefin vom Dienst benachrichtigt. »Machen Sie sich keine Sorgen, Frau Baume, wir haben alles im Griff«, dröhnte der Geschäftsführer.

»Großartige Quoten werden das«, echote der Chefredakteur, »und die Verkaufserlöse der Bilder – fantastisch! Gute Arbeit, Mara!« Er klopfte ihr so begeistert auf die Schulter, dass Make-up-Inge erschrocken ihre Pinsel zur Seite riss.

Auch Milla und Martin wollten die Nachrichten-Unterbrechung nutzen, um in der Maske schnell mit Mara zu reden, bevor sie als Studiogast zu ihnen reinkam. Noch bevor irgendjemand etwas anderes sagen konnte, schrillte Milla: »So kannst du nicht vor die Kamera, Mara! Das sieht ja grässlich aus!«

Mara blickte in den Spiegel und nickte Milla zu: »Joggingklamotten gehen nicht, stimmt. Kann ich was von dir haben?«

Milla, die mit ihren gesponserten Kleidungsstücken normalerweise sehr zimperlich war und nie etwas abgab, zuckte gönnerhaft die Schultern: »Wenn dir was passt.«

Inge scheuchte die Menschenmenge raus, drehte sich um zu den großen Einbauschränken, in denen die Moderatoren ihre »Arbeitskleidung« aufbewahrten und griff mit professioneller Sicherheit nach einem taubenblau gemusterten Wickelkleid und nach dunklen Sandaletten.

»Das passt!«

Minuten später saß Mara zwischen Milla und Martin auf der L-förmigen Studiocouch. »Die Schuhe tun weh«, stöhnte Mara.

»Du musst ja hier nicht wandern gehen«, zischte Martin, »was kannst du uns sagen, was noch nicht im Beitrag war?«

»Wenig«, gab Mara zu. »Die Polizei lässt noch nichts raus, aber ich kann die Situation vor Ort beschreiben …«

»Ihr seid gleich drauf, Milla in die eins, noch fünfzehn!«, unterbrach der Aufnahmeleiter.

Fünfzehn Sekunden später blickte Milla ernst in Kamera eins: »Der grauenhafte Mord am Perelsplatz in Berlin-Friedenau beschäftigt uns schon den ganzen Morgen. Bei mir im Studio ist jetzt meine Kollegin Mara Baume. Sie hat den Toten gefunden und die ersten Bilder vom Tatort gedreht.«

Mit einer halben Drehung wandte sich Milla zu Mara.

Der Regisseur wechselte von der Naheinstellung in Kamera eins zur Studiototalen in Kamera zwei: drei Profis auf einem Sofa.

Milla legte fürsorglich ihre Hand auf Maras Arm. Die

Geste wirkte auf alle, die die Beteiligten näher kannten, deplatziert. Zum einem war Mara rund zehn Jahre älter als die Moderatorin, zum anderen wirkte sie kein bisschen so, als bräuchte sie deren Trost oder Anteilnahme. Trotzdem spielte Milla diese Rolle entschlossen weiter: »Mara, das muss entsetzlich gewesen sein, den armen Mann zu finden? Wie hast du das erlebt, und wie geht es dir jetzt?«

Mara schaute ihrer Kollegin ruhig in die Augen. Sie wusste, jetzt war Kamera drei nah auf ihrem Gesicht. »Danke, Milla, es geht mir gut. Natürlich war es ein Schock, den Toten zu finden. Ich war joggen, und meine Strecke führt genau an diesem Spielplatz vorbei, wo er an den Baum gefesselt war.«

Martin schaltete sich ein: »Mara, war dir sofort klar, dass der Mann tot ist?«

»Ja, Martin, da gab es keinen Zweifel.« Mara bemühte sich erfolgreich, ein ironisches Aufflackern in ihren Augen zu vermeiden. »Der Mann hatte einen Pfeil in der Brust und, wie du weißt, ich habe bei verschiedenen Reportage-Einsätzen schon Tote gesehen, das war eindeutig. Was mich entsetzt hat«, Kamera drei zoomte noch dichter an Maras Gesicht, »war die Brutalität, die hinter dieser Tat stecken muss. Jemanden an einen Baum zu fesseln und dann einen wehrlosen Menschen einfach zu erschießen, das erfordert eine enorme Kaltblütigkeit, denke ich.«

Martin hakte nach: »Hast du Angst gehabt in diesem Moment?« Auf seinem hübschen, blasierten Gesicht erschien zur Abwechslung einmal echtes Interesse.

Mara machte eine Kunstpause, bevor sie antwortete. »Ja. Ich habe Angst gehabt. Ich wusste nicht, ob der Täter noch in der Nähe ist. Der Perelsplatz ist dicht bewachsen, er hätte sich zwischen den Büschen und Bäumen leicht verstecken können. Die Polizei hat auch noch nichts über den Todeszeitpunkt gesagt. Ich weiß also nicht, wie lange er schon tot war, als ich ihn fand.«

»War er noch warm?«, platzte Milla heraus.

Mara starrte sie für den Bruchteil einer Sekunde fassungslos an, ehe sie ihre professionelle Ruhe wiederfand. »Ich habe ihn nicht berührt, Milla«, erwiderte sie ohne jede Schärfe in der Stimme. »Ich wollte natürlich keine Spuren zerstören, deshalb bin ich nicht zu nahe herangegangen. Aber ich bin sicher, wir werden bald mehr erfahren. Die Polizei hat für elf Uhr eine Pressekonferenz angesetzt, und danach wissen wir mehr.«

Nun war Martin wieder in der Eins: »Die neuesten Informationen zum Marterpfahl-Mord erfahren Sie, liebe Zuschauer, selbstverständlich sofort hier bei uns, bei *Info TV*. Also: Bleiben Sie dran – Informationen aus erster Hand, nur hier bei *Info TV!*«

Die Überleitungsmusik zum Werbeblock erklang, das Rotlicht erlosch, und Mara wandte sich schäumend vor Wut zu Milla um: »Bist du wahnsinnig geworden? Mich zu fragen, ob ich ihn angefasst habe?«

»Na ja, ich dachte nur …« stotterte die junge Moderatorin.

»Dachte!«, schnaubte Mara und setzte leise hinzu: »Du weißt doch gar nicht, wie das geht!«

Woraufhin Martin in wieherndes Gelächter ausbrach.

7:18 Uhr

Als es an der Tür klingelte, schaltet Susanne Plaschke rasch den Fernseher aus. Sie war blass vor Schreck. Der Mann bei

Info TV sah aus wie ihrer – aber: Das konnte doch nicht sein! Das war doch nicht möglich!

Vor der Tür standen zwei Polizisten. Plaschke zog die Kordel ihres Bademantels über dem Pyjama fester zusammen, atmete tief durch und öffnete. »Ist es wahr?«, fragte sie die Beamten.

Die schauten einander entgeistert an. »Frau Plaschke? Frau Susanne Plaschke?«, fragte der Ältere, als er sich von seinem Staunen erholt hatte.

»Ja. Ist das mit meinem Mann …? Ist das wirklich mein Mann?«, fragte die Frau noch einmal.

»Wir müssen Ihnen eine traurige Mitteilung machen«, begann der jüngere Polizist.

Susanne Plaschke schüttelte den Kopf, wie um die Gedanken zu vertreiben.

Der Ältere fragte höflich: »Dürfen wir hereinkommen?«

»Ja. Ja, bitte«, die Frau trat zur Seite und ließ die beiden Männer passieren.

Das Erste, was ihnen in die Augen fiel, als sie die Diele betraten, waren zwei riesige Bogen und eine Zielscheibe, die an der Wand hing. »Sie sind Bogenschützen?«, fragte der ältere Polizist.

»Ich … ja, wir sind im Verein.« Plaschke stutzte: »Was ist mit meinem Mann?«

»Frau Plaschke, wir haben ihren Mann heute Morgen tot aufgefunden. Es tut uns sehr leid.«

Die Frau atmete aus. Sie senkte den Kopf. Dann tastete sie nach dem Türrahmen der Wohnzimmertür, wie um sich abzustützen, richtet sich aber gleich wieder auf und betrat den Raum.

»Bitte. Kommen Sie.«

Die Polizisten folgten ihr in ein teuer, aber spießig möbliertes Zimmer: genoppte Ledercouch mit zwei großen Sesseln, Eichentisch, Eichenschrankwand mit Bleiverglasung, schwere Samtvorhänge, Perserbrücken auf dem Boden, riesiger Plasmabildschirm.

Plaschke ließ sich vorsichtig auf das Sofa nieder. Jeder der Polizisten nahm unaufgefordert in einem der Sessel Platz.

Die Frau deutete mit der Hand auf die Fernbedienung: »Es war eben im Fernsehen. Aber ich hab gedacht … ich hab das nicht geglaubt. Und jetzt sind Sie hier …« Ihre Stimme erstarb. Sie griff nach einer Zigarettenschachtel, die auf dem Tisch neben der Fernbedienung und einem überquellenden Steinaschenbecher lag, und zündete sich eine an.

Als sie den Rauch ausstieß, fragte der jüngere Polizist mit gequältem Gesichtsausdruck: »Darf ich vielleicht ein Fenster öffnen?«

Plaschke schaute auf, ihre Augen fokussierten den Mann, als würde er aus dem Nichts auftauchen: »Wie?«

»Das Fenster«, er deutete neben sich, »darf ich etwas frische Luft hereinlassen?«

Sie kam wieder ganz zu sich: »Natürlich. Sie müssen entschuldigen. Das Mädchen war noch nicht da. Und ich …«

»Frau Plaschke, wann hat ihr Mann das Haus verlassen?«

»Mein Mann …« Mehr sagte sie nicht.

»Ja. Wann ist er gegangen?«

»Gestern. So wie immer. Halb acht.«

»Wollen Sie damit sagen, dass er in der vergangenen Nacht nicht zu Hause war?«

»Ja.«

»Haben Sie sich keine Sorgen gemacht?«

»Doch.«

»Aber?«

»Was?«

»Wenn sie besorgt waren: Haben Sie versucht, ihn anzurufen? Oder Freunde?«

»Reiner hat kein Handy. Ich konnte ihn nicht anrufen.«

»Okay. Was ist mit Freunden?«

»Freunde?« Ein freudloses Lächeln huschte über ihr Gesicht. Sie drückte die Zigarettenkippe aus. »Reiner hat auch keine Freunde.«

Die Polizisten warfen sich einen Blick zu.

Plaschke bemerkte das: »Er ist … er war ein Einzelgänger.«

»Kam er öfter nachts nicht nach Hause?«

»Öfter?«

»Ja.«

Die Stille im Raum wurde vom Schlagen der Standuhr aus dem Nebenzimmer unterbrochen. Halb sieben. »Frau Plaschke?«

Sie riss sich sichtlich zusammen. »Es kam vor. Dass er sehr spät kam. Aber gar nicht? Nein. Das … das nicht …«

»Wo waren Sie in der vergangenen Nacht?«

»Ich?!« Die Frau starrte den Fragenden fassungslos an.

»Zu Hause natürlich! Wo soll ich denn sonst gewesen sein?«

»Wir müssen das fragen«, versuchte der ältere Beamte sie zu beruhigen. »Gibt es Zeugen dafür, dass Sie hier waren?«

Susanne Plaschke schüttelte den Kopf. »Ich war allein. Vielleicht die Nachbarn … also, gegenüber. In dem großen Haus. Die können zu uns reinschauen. Durch den Garten. Also, die sehen, wenn hier Licht ist. Und dann gibt es so ein kleines Mädchen. Das guckt manchmal bei uns Fernsehen.«

»Das guckt bei Ihnen Fernsehen?«

»Na ja, nicht hier im Haus. Sie schaut aus ihrem Fenster raus, da drüben«, sie war aufgestanden, an ihr Wohnzimmerfenster getreten und gestikulierte zur Gartenfassade des gegenüberliegenden Hauses.

Im Gegensatz zu Plaschkes Villa handelte es sich dabei um einen vierstöckigen Gründerzeit-Altbau, dessen rückwärtige Fenster und Balkone alle direkt in Richtung ihres Wohnzimmers schauten. Dann zeigte sie auf den monströsen Bildschirm: »Mein Mann wollte unbedingt diesen Fernseher haben. Wenn die Vorhänge offen sind, kann das Kind da drauf vermutlich besser sehen als auf dem eigenen Fernseher.«

Der Polizist nickte. »Wir werden das überprüfen. Wir müssen Ihnen leider noch ein paar Fragen stellen.«

»Darf ich vorher einen Kaffee kochen?«

7:32 Uhr

Hauptkommissar Laszlo »Laci« Zsögöd hatte seine Mitarbeiter um sich versammelt und zog eine erste Bilanz: »Wir wissen, wer der Tote war, dass es offenbar kein Raubmord war und dass der Fundort gleichzeitig der Tatort war. Auch wenn unser Gerichtsmediziner die Todesursache noch nicht bestätigt hat, können wir doch ziemlich sicher sein, dass der Pfeil in seiner Brust ihn getötet hat. Wir wissen weiterhin, dass er Lehrer war an der Friedrich-Bergius-Schule direkt am Perelsplatz.«

»Und dass er und seine Frau Bogenschützen waren, im Verein«, setzte Hartmut Kröger hinzu, einer der beiden Beamten, die bei der Witwe gewesen waren.

»Richtig, und dass er laut Aussage seiner Frau keine

Freunde hatte«, erwiderte Zsögöd.

»Wer sagt so was über seinen toten Mann? Ich meine, quasi in der Stunde seines Todes?«, fragte Anja Hartmann, Zsögöds engste Mitarbeiterin.

»Gute Frage. Was für einen Eindruck machte sie auf euch?«

Kröger dachte nach. »Gefasst, aber auch verwirrt.«

»Nicht besonders traurig. Keine Tränen«, ergänzte sein jüngerer Kollege Ümit Atas. »Aber sie schien es wirklich gerade erfahren zu haben, aus dem Fernsehen.«

»Wir müssen sofort mit Plaschkes Kollegen reden, mit den Schülern und mit den Vereinskameraden. Anja und ich fahren in die Schule, Hartmut, du übernimmst den Verein, und Ümit, du schaust dir mal seinen Computer an und seine Kontobewegungen und all so was.«

7:51 Uhr

Vor dem ehrwürdigen, mehr als einhundert Jahre alten Gebäude der Friedrich-Bergius-Oberschule hatte sich eine Menschentraube gebildet. Lehrer und Schüler redeten aufgeregt durcheinander. Der Spielplatz wenige Meter entfernt war abgesperrt. Noch arbeiteten dort die Leute von der Spurensicherung. Reiner Plaschke, der tote Lehrer, war allerdings schon längst abtransportiert worden. Zwischen Schüler, Lehrer, Anwohner und Schaulustige hatten sich gut zwei Dutzend Journalisten gemischt, darunter sechs Kamerateams und mindestens noch mal so viele Radioleute. Überall sprachen Menschen mit mehr oder weniger wichtigem Gesichtsausdruck in Mikrofone und Kameras. Irgendwer hatte dem geschäftstüchtigen Pächter der *Park Oase* Bescheid gegeben, der sein kleines Café schleunigst geöffnet hatte und nun kaum mit der Arbeit nachkam bei den ganzen Bestellungen. Das Café, untergebracht in einem ehemaligen Fachwerk-Klohäuschen, platzte aus allen Nähten. Der Chef schrie in sein Handy, er brauche dringend Verstärkung und man solle unbedingt fünfzig Laugenbretzeln nachbringen, während er einen Café Latte nach dem nächsten und dazwischen jeden Menge Espressi über die Theke schob. Die Freude über den unerwarteten Ansturm hatte sein Gesicht gerötet und seine chronisch schlechte Laune fast ins Gegenteil verkehrt.

Auch unter den Schülern machten die üblichen Animositäten einem Gemeinschaftsgefühl Platz. Gegenüber dem Eingang zur Schule standen türkische und arabische Jungs in seltener Eintracht zusammen am Denkmal zu Ehren der im Ersten Weltkrieg gefallenen Soldaten. Mahmoud, Tarik, Abid und Khalis, die Araber, zogen an ihren Zigaretten. Acun, Deren, Kansu und Ogün, die jungen Türken, schauten ihnen zu.

Mara steuerte, diesmal nicht mit ihrer kleinen VJ-Kamera, sondern mit einem kompletten Kamerateam, direkt auf die Gruppe zu.

»Guten Morgen! Ich bin Mara Baume von *Info TV*. Ich hab euren Lehrer heute Morgen gefunden. Wie gut habt ihr ihn gekannt?«

Tarik schnippte seine Zigarette weg: »War unser Klassenlehrer.«

Volltreffer, dachte Mara, so was nannte man Reporterglück.« Laut fragte sie: »Wie war der so?«

Tarik schaute in die Runde. Er zuckte die Schultern. Ogün schaltete sich ein: »Nicht gerade 'n Lieblingslehrer.«

Die Jungs nickten zustimmend.

»Streng? Oder lasch? Gerecht oder ungerecht? Könnt ihr

mir ein bisschen mehr sagen?«

»Streng ist nicht das richtige Wort«, sagte Tarik. »Eher … herablassend. Wir Ausländer waren ihm nicht gut genug.«

»Menschen zweiter Klasse«, ergänzte Ogün. »Hätte er nie zugegeben, natürlich.«

Holla, dachte Mara, das ging ja ab. Dann setzte sie nach: »Woran habt ihr das denn gemerkt?«

»Mann, das spürt man doch!«, ereiferte sich nun Acun. »Der war voll anti! Da ging nix. Wir haben immer nur abgeloost. Außer Tarik vielleicht. Aber der Rest – wir waren doch voll die Asos für den!«

Andreas Schwarz, der Kameramann hatte längst aufgegeben, den jeweiligen Sprecher nah ins Bild zu nehmen und schwenkte in einer Halbtotalen von einem zum anderen. Sein Ton-Assistent Wolfgang »Wolle« Wunderlich bekam einen lahmen Arm, weil er das Mikro an der Angel extrem hoch halten musste, damit es nicht im Bild war. Mona, die Praktikantin, versuchte, nicht im Weg zu stehen.

Tarik wehrte ab: »Nee, der hatte einfach so einen Dünkel, hielt sich für was Besseres.«

»Voll das Arschloch war der!«, kam es mit Leidenschaft von Acun.

»Mann, das kannste nich sagen über'n Toten«, knurrte Kansu.

»Stimmt aber doch! Allein wie der mit Chris umgegangen ist …«

»Christina?«, grinste Mahmoud.

»Halt's Maul! Reicht ja wohl, wenn der das gesagt hat!«, fauchte Kansu.

Tarik ging dazwischen: »Hee, aus!« Und an Mara gewandt: »Sie merken schon, dass wir nicht wirklich traurig sind. Aber es ist schrecklich, was da passiert ist. Nicht, dass Sie denken … na ja, so was wünscht man keinem. Nicht mal seinem Feind.«

»War Plaschke euer Feind?«

»Plaschke war sein eigener Feind«, antwortete Tarik mit großer Ruhe, »und der von fast jedem hier an der Schule. Der Mann war …«

»… der war schon wie tot. Der hat nie gelacht. Außer, wenn er was Gemeines gesagt hat«, kam es leise von Ogün.

Die ganze Gruppe starrte ihn an und nickte dann bedächtig. Keiner wollte mehr etwas sagen.

Mara bohrte nach: »Und was hat er mit Christina gemacht?«

Die jungen Männer schauten einander an und dann zu Boden oder zur Seite. Schließlich raffte Tarik sich erneut auf: »Der heißt Christian. Ist noch nicht lange hier. Der ist ’n bisschen anders drauf … na ja, und weil er so lange Haare hat, hat Plaschke ihn immer Christina genannt. Fand der natürlich nicht so prall.«

Mara nickte. »Ist Christian hier? Kannst du mir den zeigen?«

Tarik deutete auf einen schlaksigen, blonden Jungen, der apathisch auf einer Bank lümmelte.

Mara spürte, dass sie jetzt nicht noch mehr aus den Schülern herausbekommen würde. »Danke! Sagt ihr Mona bitte noch eure Namen und euer Alter?« Sie schob die junge Praktikantin vor.

»Wann kommt’n das?«, fragte Mahmoud.

»Nachher auf *Info TV*«, antwortete Andreas und nahm die Kamera von der Schulter.

Mahmoud grinste: »*Info TV*, guck ich sonst nie.«

»Na, guckste diesmal«, grinste Wolle zurück, während er hinter Mara und Andreas Richtung Bank abdrehte.

Christian sah das Unheil kommen und wollte sich verdrücken, aber Sven und Marcel, die mit ihm auf der Bank saßen, hielten ihn zurück.

»Geil, Fernsehen«, murmelte Marcel an Christian gelehnt undeutlich.

Sven, der ohnehin schon breitbeinig auf der Lehne der Bank hockte und mehr als die Hälfte des Platzes beanspruchte, spreizte seine Beine noch weiter und setzte sein bestes Machogesicht auf.

Christian versuchte vergeblich, im Erdboden zu versinken, als Mara ihn ansprach.

»Bist du Christian?«

»Wer will 'n das wissen?«, lallte Sven.

Mara stellte sich vor und fragte ihn nach seinem Namen.

»Geht dich nix an.« Und zu Christian, der versuchte aufzustehen: »Bleib da, Alter, mal sehn, was die Tusse will.«

Christian wand sich, kam aber nicht weg, weil Marcel von der anderen Seite gegenhielt.

Mara ließ sich nicht provozieren, von pubertierenden Halbwüchsigen war sie Sprüche gewöhnt. Sie beugte sich zu Christian herunter: »Warum hat Plaschke dich Christina genannt?«

Der Angesprochene errötete heftig und schaute nach unten. Mara hatte in seinen Augen längst gesehen, dass er genauso bekifft war wie seine beiden Kumpel. Mit einer Handbewegung gab sie Andreas zu verstehen, dass er sich hinhocken und den Jungen von unten drehen sollte, während sie selbst in die Knie ging.

Sven stierte von oben herab: »Die Tusse liegt dir zu Füßen, Alter, krass, eh.«

Christian gab sich einen Ruck: »Wegen meiner Haare.«

»Er hat dich wegen deiner Haare wie ein Mädchen angesprochen«, wiederholte Mara. »Wie war das für dich?«

Christian blickte auf seine Hände und seufzte. Dann schaute er Mara mit unnatürlich weiten Pupillen direkt in die Augen. »Es war ätzend. Er war so unfair. Er war einfach mies …«

Zu Maras Erstaunen füllten sich Christians Augen mit Tränen und er sprang mit einer heftigen Bewegung auf und rannte davon. Sven und Marcel schauten ihm ebenso erstaunt hinterher wie das Kamerateam.

Vor der Treppe zur Eingangstür der Schule entstand Unruhe. Der Schulleiter trat auf die oberste Stufe.

»Eh, Higgi-Baby«, grummelte Sven von seiner Bank aus.

Mara unterdrückte ein Lachen. Der Spitzname passte perfekt. Sie hatte vor Kurzem mit Joachim von Kanzbergen, dem Leiter der Friedrich-Bergius-Oberschule, gedreht. Mit strenger Disziplin war es ihm gelungen, aus der etwas verrufenen Realschule wieder eine erfolgreiche Lehranstalt zu machen. Seine Methoden waren zwar umstritten, aber bei Eltern und Anliegern gleichermaßen beliebt. Bei diesem Dreh hatte sie gedacht, dass von Kanzbergen extreme Ähnlichkeit aufwies mit dem Hausverwalter Jonathan Higgins aus der 80er-Jahre-Krimiserie *Magnum*. Von Kanzbergen hatte einen ähnlichen Snob-Appeal und glich ihm auch optisch – Zwillinge bei der Geburt getrennt. Der Mann war bestenfalls mittelgroß mit zurückweichenden Geheimratsecken und einem Schnauzbart im runden Gesicht. Trotz dieses wenig imposanten Äußeren verfügte er über ungeheure Präsenz und Autorität. Als er jetzt auf der Treppe die Hände hob, legte sich augenblicklich Stille über den Platz.

Andreas und Wolle waren gerade noch rechtzeitig zur Treppe gespurtet, um von Kanzbergens kurze Rede mitnehmen zu können.

»Verehrtes Kollegium, liebe Schülerinnen und Schüler! Wir alle sind tief erschüttert über das feige Verbrechen, dass Studienrat Reiner Plaschke so plötzlich aus unserer Mitte gerissen hat. Unser großes Mitgefühl gehört seiner Gattin Susanne Plaschke. Ihr wünschen wir in dieser Stunde der Trauer die Kraft, das Unabänderliche zu ertragen…«

»Bla, sabbel, bla«, flüsterte Sven verächtlich.

»Schhh«, fuhr Tarik ihn an.

»Ist doch wahr, der konnte ihn doch auch nicht ab«, überhörte Mara interessiert.

Von Kanzbergen kam auf der Treppe schon zum Ende seiner improvisierten Rede: »…und deshalb bleibt unsere Schule heute geschlossen. Bitte gehen Sie nach Hause und gedenken Sie still des Verstorbenen. Wir sehen uns morgen zur gewohnten Stunde.«

Alle Fragen der Presseleute wies der Schulleiter höflich aber bestimmt zurück und verwies darauf, dass man noch nicht mehr und vor allem nichts Genaues wisse.

Mara, die das geahnt hatte, war mit ihrem Team durch die Einfahrt an der Handjerystraße auf den Schulhof geeilt und durch den Hintereingang ins Schulhaus gekommen. Dort lief ihr ein sehr erstaunter von Kanzbergen direkt in die Arme.

»Herr von Kanzbergen, ich weiß, dass Sie noch nicht mehr sagen können«, nahm Mara ihm den Wind aus den Segeln, »aber würden Sie mir inoffiziell ein paar Informationen geben? Off the record?«

Der kleine Mann zögerte. Er mochte Mara, hatte bei dem vergangenen Dreh ganz gegen seine Gewohnheit sogar ein bisschen mit ihr geflirtet und sich auch durchaus geschmeichelt gefühlt von dem Bild, dass sie in ihrem Beitrag von ihm zeichnete. Trotzdem, er sollte eigentlich nicht …

Mara drehte eine Haarsträhne um ihren Finger, setzte ihr Schulmädchengesicht auf. Menschen waren so einfach zu manipulieren. Vor allem männliche Menschen. Wenn man sich dafür nicht zu schade war – aber, egal, dachte sie, der Zweck heiligt die Mittel.

Sie war kurz davor, ihre Haarsträhne nachdenklich in den Mundwinkel zu ziehen, als der Schulleiter weich wurde. »Na gut. Aber das Team wartet hier. Nur Sie und ich.«

»Wunderbar«, flötete Mara und folgte ihm in sein Büro.

8:25 Uhr

Als Christian die Tür aufschloss, traf ihn der hasserfüllte Blick seines Vaters wie ein Faustschlag. »Wann gehst du endlich zum Friseur? Du siehst aus wie ein Penner!«, schleuderte ihm Prof. Stefan Scharfetter verächtlich entgegen. »Und was machst du überhaupt hier? Solltest du nicht in der Schule sein?« Ohne die Antwort seines Sohnes abzuwarten, schob der Professor ihn beiseite und verließ grußlos die Wohnung.

Christian konnte es förmlich riechen. Es war wieder passiert. Eine ohnmächtige Wut kochte in ihm hoch. Leise schlich er an der offenen Tür zur Küche vorbei, in der Grazyna den Geschirrspüler ausräumte, und glitt ins Arbeitszimmer seiner Mutter. Die Unternehmensberaterin hatte sich in fötaler Stellung auf ihrer weißen Rolf-Benz-Couch zusammengerollt. Lautlose Tränen flossen auf das 9000-Euro-Möbel.

»Mama?« Christian setzte sich unbeholfen auf den Rand der Ledercouch und streichelte über die Schulter seiner Mutter.

Ute Scharfetter drehte sich erst weg, kam dann aber doch langsam hoch und schaute ihren Sohn an.

»Oh, Mama!« Der 16-Jährige starrte entsetzt auf die aufgesprungene Lippe, das zugeschwollene Auge und die blutverkrustete Nase seiner Mutter. »Oh, Mama, was hat er getan?!«

Die Frau betastete unsicher ihr zerschlagenes Gesicht, so als wisse sie nicht, wie das, was ihr passiert war, eigentlich hatte geschehen können.

»Du musst ihn anzeigen!«, sagte Christian energisch.

In dem Augenblick betrat Grazyna mit einem Tablett, auf dem sich eine Teekanne und drei Tassen befanden, den Raum. Sie hatte sich entschlossen, nicht länger zu schweigen. »Ihr Sohn hat recht, Frau Scharfetter. So kann das nicht weitergehen.«

Mutter und Sohn blickten erstaunt, aber nicht verärgert auf. Schützenhilfe von dieser Seite hatte keiner der beiden erwartet.

Die Haushaltshilfe goss Tee in die Tassen und verteilte sie. Dann zog sie sich einen Sessel heran. »Kriegsrat«, beschloss sie.

Ute Scharfetter musste unwillkürlich lächeln. So hatte sie die resolute Polin noch nie erlebt. »Danke«, sagte sie und meinte damit nicht nur den Tee, den sie mit einem Kopfnicken entgegennahm.

»Als Erstes müssen Sie zum Arzt. Der muss ihre Verletzungen aufnehmen. Und dann gehen Sie zur Polizei. Wenn Sie möchten, komme ich mit.«

»Ich auch«, sagte Christian. »Und wir lassen das Schloss auswechseln. Jetzt. Sofort.«

8:32 Uhr

Laszlo Zsögöd und Anja Hartmann trafen in der Realschule ein, kurz nachdem Mara mit dem Schulleiter in dessen Büro verschwunden war. Der hochgewachsene Polizist hielt kurz inne, als er den Schulflur im ersten Stock erreicht hatte. Die altehrwürdige Halle mit den vielen Säulen, den verzierten Balustraden und den geschwungenen Rundbögen versetzte ihn für einen Moment in eine andere Zeit. Eine Zeit, in der Lehrer uneingeschränkten Respekt forderten. In der Disziplin nicht infrage gestellt wurde. In der Schüler zu gehorchen hatten, und in der es noch die Prügelstrafe gab. Zsögöd atmete tief durch. Dann lief er auf das Büro des Schulleiters zu.

Reflexartig ließ Andreas beim Eintreffen der Polizei die Kamera laufen. Die beiden Männer waren sich bei ähnlichen Anlässen schon öfter über den Weg gelaufen.

Zsögöd ging direkt auf Andreas zu: »Mara da drin?« fragte er mit einem Kopfnicken zur geschlossenen Tür.

Andreas nickte grinsend: »Und Higgi-Baby.«

Der Hauptkommissar zog fragend die Augenbrauen hoch.

Andreas klärte ihn auf: »So nennen die Schüler den Direx.«

Laci Zsögöd wunderte sich nur kurz. Als die Tür aufging und Mara mit dem Schulleiter heraustrat, musste er sich ein Lächeln verkneifen: »Higgi-Baby« passte wie die Faust aufs Auge.

Mara verabschiedet sich gerade von Joachim von Kanzbergen, als der Polizist vortrat. »Na, weißt du schon mehr als wir?«

»Immer, Laci, immer. Wir sind einfach schneller«, meinte Maja mit einem Augenzwinkern. »Deshalb bin ich jetzt auch schon wieder weg.«

»Hauptkommissar Laszlo Zsögöd. Ich bearbeite den Mord an ihrem Lehrer Reiner Plaschke«, stellte der Polizist sich dem Schulleiter vor.

»Bitte, kommen Sie«, der Schulleiter führte Zsögöd am Arm in sein Büro, Mara und ihr Team blieben draußen.

»Und?«, fragte Andreas.

»Plaschke war eine Altlast, Kanzbergen wäre ihn lieber heute als morgen losgeworden«, antwortete Mara und setzte, als sie das erstaunte Gesicht des Kameramannes sah, schnell hinzu: »Nee, nicht so! Er muss nur ein völlig unfähiger Lehrer gewesen sein, einer, den man eigentlich keiner Klasse antun konnte. Überfordert, weinerlich, aggressiv – ein richtiges Ekelpaket.«

»Das hat dir sein Chef erzählt?«, fragte nun Wolle neugierig. Der Tonmann liebte Klatsch jeder Art, egal ob er die Personen, um die es ging, kannte oder nicht. Und er hatte ein phänomenal gutes Gedächtnis für besondere Peinlichkeiten.

»Hat er natürlich nicht«, antwortete Mara. »Aber zwischen den Zeilen war das glasklar. Wirklich gesagt hat er, dass Plaschke Probleme hatte. Mit den Schülern und dem Kollegium.«

»Was hat der eigentlich unterrichtet?«

»Geschichte, Deutsch und Sport.«

»Sport? Der Fettsack?!« Wolle konnte es nicht fassen.

»Schsch. Nicht so laut!« Mara war genervt. Immer wieder

rutschten dem Tonmann am Drehort beleidigende Bemerkungen über Protagonisten raus, egal wie oft sie ihm einschärfte, seine Meinung gefälligst frühestens im Auto von sich zu geben. Wenn überhaupt. Aber die Halle war leer, den »Fettsack« hatte niemand mitgekriegt.

Während des Gesprächs war das Fernsehteam über die breite Freitreppe nach unten und auf den Schulhof gegangen.

In einer Ecke entdeckte Mara zwischen drei anderen Mädchen Serena, die Tochter ihrer Freundin Annette. »Wartet hier«, sagte sie zu ihren Kollegen und ging allein auf die Mädchengruppe zu. Sie kannte Serena von Kindesbeinen an, hatte früher gelegentlich auf das Mädchen aufgepasst, wenn die Mutter Abendtermine hatte. Annette war Personal Trainerin, und einige ihrer Klienten konnten nur nach Feierabend bei ihr trainieren. Inzwischen war Serena längst alt genug, um abends allein sein zu dürfen, und Mara hoffte, dass sie von ihr ein paar Informationen bekommen könnte, die sie Fremden nicht geben würde. Schon von Weitem spürte sie allerdings, dass ihre Anwesenheit dem Mädchen unangenehm war.

Mit den Augen suchte Serena einen Ausweg, fand aber statt dessen nur die gespannten Blicke ihrer Freundinnen. Also löste sie sich aus der Gruppe und ging Mara entgegen.

»Hi, Tante Mara. Arbeitest du hier?«

Die »Tante« war nun wiederum Mara peinlich, aber glücklicherweise waren sowohl ihre Kollegen als auch Serenas Klassenkameradinnen außer Hörweite. »Ja, ich hab den Plaschke heute Morgen beim Joggen entdeckt.«

»Du warst das!?« Das Mädchen bekam große Augen. Die Neugier besiegte die Scheu. »Wie … wie sah er denn aus?«

»Ehrliche Antwort?«

»Äh …«

»Er sah grässlich aus. Das war kein sanfter Tod.«

Serena schluckte.

»Hast du ihn gekannt?«

»Na, das war doch mein Klassenlehrer! ›Das böse P.‹ – erinnerst du dich nicht?«

»Plaschke war ›das böse P.‹? Das ist ja der Hammer!«, entfuhr es Mara. Nur zu gut fielen ihr die Dinge wieder ein, die Serena über ihren Klassenlehrer erzählt hatte, als sie bei deren Mutter in der gemütlichen Wohnküche beim Kaffee hockte. Einen Sadisten hatte sie ihn genannt, der im Sportunterricht bei der nichtigsten Verfehlung zwanzig Liegestütze einforderte, und einen Spanner, der den Mädchen unter die Röcke und in die Blusen glotzte. »Dann bist du mit Christian in einer Klasse?«

Serena wurde rot.

Ach nee, dachte Mara, die Süße ist verknallt.

Die 16-Jährige nickte.

Mara hakte nach: »Ich hab gehört, den hat Plaschke besonders auf dem Kieker gehabt. Was war 'n da los?«

»Kennst du Chris?«, fragte Serena zurück.

»Vom Sehen«, wich Mara aus. »Aber ich weiß nicht genau, was da passiert ist mit ihm und dem ›bösen P‹. Sagst du's mir?«

»Chris ist so ein Sanfter, Ruhiger. Und er hat doch diese langen Haare, ne? Also, Plaschke hat ihn immer Christina genannt und vorgeführt. Er hat ihn vor den ganzen anderen Jungs lächerlich gemacht. Und vor den meisten Mädchen auch. Immer wieder. Bis Chris fast nur noch geschwänzt hat. Also, Plaschkes Stunden. Und gestern, da war er dann doch da, und da hat Plaschke zu ihm gesagt: ›Na, hattest du deine

Tage, Christina, oder warum bist du nicht zum Unterricht erschienen?‹ Und da ist Chris aufgesprungen und rausgerannt. Das war so fies, was der da gemacht hat. Und Chris hat eh Probleme genug, zu Hause und so …«

Serena blickte Mara vertrauensvoll direkt in die Augen: »Weißt du, Tante Mara, ich sollte das nicht sagen, aber es hat den Richtigen erwischt.«

Mara nickte ermutigend. »Du magst Chris, hm? Und er, mag er dich auch?«

»Schon, sehr … Aber in den letzten Wochen … Der rutscht irgendwie ab, der hängt mit den falschen Leuten rum. Vielleicht wird jetzt alles wieder besser, wo das böse P. weg ist?!« Serena hob hoffnungsvoll den Kopf.

»Die falschen Leute, sind das die Jungs, mit denen er draußen auf der Bank gesessen hat?«

»Ja, Marcel und Sven – voll die Prolls.«

»Ich dachte eher Kiffer?«, forschte die Reporterin nach.

Serena wand sich, das Thema war ihr offensichtlich unangenehm. Wie eine Auster klappte sie zu. »Ich muss zurück zu den anderen.«

»Einen Moment noch: Wo finde ich die anderen Lehrer jetzt?«

»Ein Teil bei Marcello, die anderen im *Tomasa* – aber die bei Marcello wollen bestimmt nicht mit dir sprechen«, antwortete das Mädchen wie aus der Pistole geschossen.

Mara war verblüfft. Wie war Serena nur darauf gekommen, welche Lehrer mit ihr sprechen würden und welche nicht? Offenbar hatte sie nicht nur eine gute Beobachtungsgabe, sondern auch eine ausgeprägte Menschenkenntnis. Mara bedankte sich bei dem Mädchen, schnappte sich ihr Kamerateam und machte sich auf den kurzen Weg zu *Tomasa*.

Das *Tomasa* war ein Café und Restaurant direkt an der vierspurigen Rheinstraße. Es hatte eine große Terrasse auf mehreren Ebenen mit einem kleinen, abgeteilten Spielplatz in einer Ecke. Drinnen gab es eine lange Theke und drei miteinander verbundene Gasträume, außerdem ein Spielzimmer für die Kinder. Deshalb war das *Tomasa* tagsüber vor allem bei Eltern beliebt, während abends ein jüngeres, kinderloses Publikum dominierte.

Mara war schon oft mit Anton und Gregor hier gewesen, hatte gemütlich an einem der langen Biertische auf der Terrasse etwas so Aufregendes wie »Prosecco-Risotto mit Garnelen & Orangen-Aioli« zu sich genommen, während Anton sich die Tapas-Platte schmecken ließ und Gregor versonnen im Sand buddelte und ab und zu mit schmutzigen Fingerchen ein paar Chicken Wings oder Pommes abholte.

Sie mochte das Restaurant, trotz der prätentiösen Namen für die Gerichte, und obwohl es draußen wegen des Verkehrslärms von der Rheinstraße nicht gerade ruhig war. Inmitten des Trubels war es dennoch eine entspannende Oase. An den Wochenenden musste man einen Tisch reservieren, weil der Frühstücksansturm vor allem bei gutem Wetter gigantisch war. Heute, an einem ganz normalen Vormittag unter der Woche, war kaum etwas los.

Die Lehrergruppe hob sich deutlich von den wenigen anderen Gästen ab – meist Müttern mit dem obligatorischen Latte Macchiato vor sich und sandigen Kleinkindern neben sich.

Mara stoppte. Sie hatte keine Drehgenehmigung für das Restaurant und bezweifelte, auf die Schnelle eine zu bekommen. Auch die Bereitschaft der Lehrer, über ihren ermordeten Kollegen vor laufender Kamera zu reden, während das halbe Kollegium mithörte, schätzte sie als äußerst gering ein.

Also erst mal ohne Kamera Kontakt machen!

Zu ihrer Freude entdeckte sie in der Gruppe eine Frau, mit der sie vor Gregors Geburt gemeinsam den Geburtsvorbereitungskurs im Nachbarschaftsheim gemacht hatte. Auch später waren die beiden Frauen sich mit ihrem Nachwuchs immer wieder begegnet, nicht zuletzt auf dem Spielplatz am Perelsplatz.

Es geht doch nichts über einen überschaubaren Kiez, dachte die Reporterin und versuchte krampfhaft, sich an den Namen der Frau zu erinnern. Sandra? Sabrina? Sara? Nein: Saskia!

Sehr gut! Andreas und Wolle mussten mit der Kameraausrüstung beim Auto warten, Mara wollte nicht riskieren, die Lehrer zu verprellen, bevor sie etwas Brauchbares herausgefunden hatte. Allgemeine Bilder von der Pädagogengruppe im Café konnten sie hinterher immer noch drehen.

8:35 Uhr

Hauptkommissar Laszlo Zsögöd, seine Kollegin Anja Hartmann und Joachim von Kanzbergen hatten an einem runden Tisch im riesigen Büro des Schulleiters Platz genommen, die Sekretärin war eilfertig mit Kaffee und Keksen hereingehuscht und für einen Moment war so etwas wie Neid durch Lacis Gehirn geschwirrt. Dass ein Beamter ähnlicher Gehaltsstufe so viel mehr Raum zur Verfügung hatte und auch noch eine Sekretärin, die tatsächlich für Kaffee und Kekse sorgte … ja, das hätte er schon auch gern gehabt. Andererseits: Lehrer war so ziemlich der letzte Beruf, den er für sich gewählt hätte. Ihm war absolut klar, dass das vor allem an Haupt- aber auch an Realschulen schon lange kein Traumjob mehr war. Dass Lehrer beleidigt, bespuckt und verprügelt wurden, sogar krankenhausreif geschlagen, war fast schon an der Tagesordnung. Doch dieser Mord eröffnete eine neue Dimension der Gewalt.

Zsögöd merkte schnell, dass der kleine Mann ihm gegenüber normalerweise die Zügel fest in der Hand hatte, der Mord ihn ernsthaft erschütterte. Ebenso schnell wurde ihm klar, dass der Schulleiter besorgter war um den Ruf seiner Lehranstalt als um das Dahinscheiden seines Lehrkörpers – noch nie war dem Hauptkommissar ein Toter untergekommen, der derart unbeliebt war.

Von Kanzbergen fand keinerlei warme Worte für Plaschke. »Er hat sich permanent gerieben an den Kollegen, versucht, sich zu drücken um Vertretungsstunden, Klassenfahrten und so weiter. Nur seine Bogenschützen AG, die war ihm heilig«, sagte der Schulleiter gerade.

»Bogenschützen AG?« Zsögöd horchte auf.

Der Schulleiter spreizte die Finger: »Eine Ironie des Schicksals, nicht wahr? Das Schießen war das Einzige, woran Plaschke wirklich Freude hatte, glaube ich. Allerdings eine, die er – wie so vieles andere – nicht vermitteln konnte.«

»Wir brauchen eine Liste der AG-Teilnehmer«, mischte Anja Hartmann sich ein.

»Selbstverständlich, meine Sekretärin wird sie Ihnen geben.«

Laci gab Anja mit den Augen ein Zeichen, woraufhin diese sich erhob und ins Sekretariat begab.

Als die beiden Männer allein waren, lehnte der Hauptkommissar sich vor: »Unter uns: ein Lehrer? Oder ein Schüler?«

Von Kanzbergen lächelte gequält: »Sie haben eine Personengruppe vergessen: die Eltern. Was denken Sie, wie oft die hier bei mir auf der Matte standen? Plaschke hat brutal benotet. Es war ihm egal, wie seine Klasse da stand. Kein anderer Lehrer musste so oft Klassenarbeiten wiederholen, weil das Ergebnis weit unter dem Durchschnitt war. Es gibt Eltern, die haben ihn gehasst.«

Zsögöd strich sich nachdenklich über das Kinn und stellte dabei fest, dass er vergessen hatte, sich zu rasieren. Auch egal, dachte er. Die wenigen blonden Bartstoppeln fielen kaum auf. »Wir werden mit allen sprechen müssen. Aber wenn Sie einen Tipp haben: Mit wem sollen wir beginnen?«

»Mit den Bogenschützen, ganz klar. Die meisten aus seiner eigenen Klasse waren in der AG. Er hat sie sozusagen erpresst, meint jedenfalls der Flurfunk. Wer nicht dabei war, wurde noch schlechter benotet. Mir waren die Hände gebunden … Ich hätte ihn am liebsten in die Frühpensionierung verabschiedet, aber …« Der Schulleiter seufzte. Er legte ein Bein über das andere und zog gedankenverloren die Bügelfalte glatt. Seine Schuhe glänzten wie schwarze Spiegel.

»Wie soll die Schule das nur verkraften? Unser Ruf hatte sich gerade erst erholt, und jetzt das. Ein Desaster!«

Der Hauptkommissar holte ihn mit einem Räuspern zum Thema zurück: »Welche Schüler hatten die meisten Probleme mit Studienrat Plaschke?«

»Die Jugendlichen mit Migrationshintergrund. Der Mann war kein Rassist, aber er konnte einfach nicht begreifen, dass die Kinder, die hier geboren und aufgewachsen sind, kein vernünftiges Deutsch sprechen. Es hat ihn wahnsinnig gemacht, und im Gegenzug hat er die Schüler runtergemacht. ›Ich dulde kein Kanacksprech in meinem Unterricht!‹ hat er immer gesagt. Davon ist es leider auch nicht besser geworden. Ach ja, und dann noch der Neue, ein Junge, der hier eigentlich gar nicht hergehört. Christian Scharfetter.«

»Was ist mit dem Jungen?«

»Gutes Elternhaus, aber abgerutscht. Hoch intelligenter Junge, wenn Sie mich fragen. Muss außerschulische Probleme haben.« Der Schulleiter erhob sich.

Die Audienz ist vorüber, dachte der Polizist und wunderte sich über sich selbst. Warum wurden wir alle wieder zu Kindern, wenn wir Schuldirektoren gegenübersaßen? Laut sagte er: »Danke für die Zeit, die Sie sich genommen haben.«

9:01 Uhr

Zielstrebig bahnte sich Mara den Weg zum Lehrertisch im *Tomasa*.

»Hi, Saskia, hättest du einen Moment Zeit für mich?« Lieber gleich zur Sache kommen als lange um den heißen Brei herumreden, dachte Mara, auch wenn ihr die irritierten Blicke der anderen Lehrer nicht entgingen.

Saskia, eine temperamentvolle, witzige Mittdreißigerin, grinste breit: »Hab' ich mir doch gedacht, dass du noch zu mir kommst! Als ich dich da vorhin rumschleichen sah mit der Kamera, war klar, dass es nur noch eine Frage der Zeit ist.«

»Rumschleichen! Na, hör mal! Ich mach nur meinen Job!«

»Weiß ich doch, ist nicht bös gemeint. Sag mal, hast du nicht den Plaschke gefunden?«

»Stimmt, hab ich.«

»Erzähl!«

»Wir machen einen Deal, du erzählst mir, dann erzähl ich dir.«

Jetzt mischte sich eine grauhaarige Lehrerin von der gegenüberliegenden Seite ein: »Gilt der Deal für uns alle? Das interessiert uns nämlich genauso. Und ich denke, wir hätten alle was zu erzählen.«

Mara musterte die ältere Frau erstaunt. Ein Kollegium, das freiwillig auspacken will? Das hatte sie noch nie erlebt. Trotzdem nickte sie: »Gern. Ich bin an allem interessiert, was sie mir über Herrn Plaschke sagen können.«

Saskia begann: »Dass er unbeliebt war, hast du ja bestimmt schon mitbekommen. Für uns im Kollegium war er eine Zumutung. Er war ziemlich oft krank, man munkelt, dass er getrunken hat, aber sicher weiß ich das nicht.«

»Moment«, unterbrach Mara, »ich denke, er war so ein Ritter der Disziplin, wie passt das zu der Alkoholiker-These?«

Saskia lächelte mitleidig: »Komm schon, das kennst du doch: Wasser predigen und Wein trinken. Darin war er ganz groß. Tja, und wir haben dann immer die Vertretungsstunden geerbt – als hätten wir nicht schon genug um die Ohren.«

Jetzt ergänzte die ältere Kollegin: »Das einzig Gute daran war, dass seine Schüler so unendlich dankbar waren, wenn sie ihn nicht hatten. Die fraßen uns beinahe aus der Hand. Trotzdem war es eine zusätzliche Anstrengung. Wir bemühen uns sehr, die Schule wieder auf Vordermann zu bringen, da ist es fatal, wenn Stunden ausfallen.«

Ein weiterer Lehrer mit Halbglatze, der bisher versonnen mit seinem Teebeutel gespielt hatte, fiel ein: »Und was die Disziplin angeht, so haben wir eine sehr präzise Schulordnung. Zum Beispiel gibt's gemeinnützige Arbeit: Wenn jemand öfter zu spät kommt, muss er Müll aufsammeln im Schulhof oder Ähnliches. Oder Handys – die sind in der

Schule verboten und werden eingesammelt. Waffen erst recht. Wir kontrollieren regelmäßig, ob die Schüler sich daran halten. Wenn wir was finden, geht das direkt zur Polizei. Da war es natürlich irgendwie unlogisch, dass Plaschke mit Pfeil und Bogen rumlaufen durfte.«

»Warum hat ihn dann niemand daran gehindert?«

»Von Kanzbergen wollte ja, aber Plaschke hat sich Unterstützung vom Schulsenator geholt. Die sind im gleichen Bogenschützenverein.«

»Ist auch einer von Ihnen da Mitglied?« Mara blickte fragend in die Runde.

Allgemeines Kopfschütteln.

Saskia lachte. »Wirklich nicht! Kein einziger von den Lehrern. Übrigens, an den Tagen, an denen AG war, fehlte Plaschke nie …«

Mara hakte nach: »Es heißt, er habe seine eigene Klasse praktisch gezwungen, da mitzumachen. Sonst hätte er schlechter benotet. Ist da was dran?«

»Kann ich nicht beurteilen«, antwortete Saskia, doch ihre grauhaarige Kollegin sagte: »Das scheint wirklich so gewesen zu sein. Jedenfalls hat sich Christian mal bei mir beschwert deswegen. Ich hatte die Klasse in Englisch, da ist er Spitze.«

Schon wieder dieser Christian, dachte Mara.

»Und die türkisch- und arabischstämmigen Schüler haben immer nur gespottet, Plaschke spiele den großen Häuptling, obwohl er nur ein ganz kleiner Indianer war.«

»Waren die denn in seiner AG?«

»Die Jungs alle. Bei den Mädchen war er nicht ganz so versessen darauf.«

Ein schmächtiger Mann mit Hornbrille ganz hinten am Tisch fügte hinzu: »Bei denen hat er auf andere Dinge Wert gelegt. Ein türkischer Vater hat mich beim letzten Elternsprechtag gefragt, was er nur machen könne, seine Tochter fühle sich von Plaschke permanent angemacht.«

»Ein konkreter Missbrauchsvorwurf?«

»Ach woher, dann hätte die Schulleitung ja sofort handeln können. Eher unterschwellig, nichts, was man irgendwie beweisen konnte. Fakt ist, Plaschke führte eine miserable Ehe. Da hat er sich vermutlich woanders geholt, was ihm zu Hause fehlte.«

»Bei Schülerinnen?!« Mara horchte auf.

»Nein, wo denken Sie hin? Man hat ihn gelegentlich in der Nähe vom Stuttgarter Platz angetroffen, wenn Sie wissen, was ich meine.«

Der »Stutti« gehörte zu den bekanntesten Rotlichtbezirken des alten Westberlin. Aber das eine wütende Prostituierte oder ein zorniger Zuhälter den Studienrat mit einem Pfeil an den Baum genagelt hätte, schien Mara doch zu weit hergeholt.

Trotzdem versuchte sie ihr Glück und fragte in die Runde: »Hat einer von Ihnen persönlich Plaschke am Stutti gesehen? Oder in Damenbegleitung?«

Die Lehrer schüttelten die Köpfe. Leichte Unruhe machte sich breit. Mara spürte, wie ihre Gesprächspartner zumachten. Hier war Infomäßig nichts mehr zu holen und bevor der goodwill der Lehrer ganz kippte, entschloss sie sich, ihr wartendes Kamerateam aus dem Auto zu holen.

Immerhin bekam sie Saskia tatsächlich noch vor die Kamera, um die Geschichte mit der Bogenschützen AG zu erzählen.

9:05

Nachdem Anton seinen Sohn Gregor glücklich im Kindergarten abgeliefert hatte, machte er sich auf den Weg zu Marcello. Marcello war eine Institution in Friedenau. Vor rund zehn Jahren hatte der sympathische Italiener mit einem Verkaufsstand auf dem Markt angefangen. Drei Jahre später eröffnete er seine Pizzeria an eben diesem Marktplatz, nachdem er die Räume, in denen vorher eine miese, verqualmte Spelunke gewesen war, gründlich renoviert hatte. Einen Riesenbonus bei den Friedenauer Eltern brachte ihm die Tatsache ein, dass sein Restaurant von Anfang an rauchfrei war. Und so fielen mit schöner Regelmäßigkeit große Sippschaften mit vielen Kleinkindern in die spartanisch-mediterran eingerichteten Räumen ein. Ein weiterer Pluspunkt war die Mischung aus Laden und Pizzeria: Hier bekam man nicht nur »echt italienische« Pizza mit knusprig dünnem Teig, sondern konnte auch alle möglichen Spezialitäten einkaufen.

Gregor hatte schon im Alter von zwei Jahren fehlerfrei Salami Napoli und Prosciutto di San Daniele bestellt – er liebte den italienischen Laden ebenso wie seine Eltern. Anton freute sich nun auf einen starken Espresso Doppio mit viel Crema – nicht ahnend, dass bei Marcello gerade eine größere Menge von Bergius-Lehrern eingefallen war, die alle lautstark durcheinandersprachen und offenkundig so aufgeregt waren, dass sie ihre Umgebung kaum wahrnahmen.

Anton war immer noch sauer auf Mara, hatte den dämlichen Brief aber längst zerrissen und in den Müll geworfen. Verlassen war auch keine Lösung. Andererseits konnte es so nicht weitergehen. Als Paar fanden Anton und Mara kaum noch statt. Immer nur Maras Job. Oder natürlich Gregor. Das mit Gregor war selbstverständlich okay. Der Junge brauchte seine Mutter schließlich genauso wie den Vater. Nur: Eine Ehe sollte verdammt noch mal mehr sein als Nebeneinanderherleben, dachte Anton. Wann hatten sie eigentlich das letzte Mal Sex gehabt? Und nun tauchte auch noch dieser Zsögöd in Maras Nähe auf. Was für eine beschissene Situation!

Eines jedoch musste Anton zugeben: Die Geschichte an sich war spannend. Während er auf seinen doppelten Espresso wartete, konnte er nicht umhin, die Lehrergespräche mitzuhören.

Offenbar konnten die Ex-Kollegen sich mehr als einen vorstellen, der Grund gehabt hätte, den Mann, den seine Frau heute Morgen tot am Baum gefunden hatte, dorthin befördert zu haben.

Hilft mir auch nicht weiter, dachte er verärgert. Bedeutet nur noch mehr Arbeit für Mara und noch weniger Zeit für uns.

Da er von zu Hause aus arbeitete, fiel ihm ihr häufiges Fernbleiben viel mehr auf, als wenn er einen Bürojob ausgeübt hätte. Außerdem schien Mara blind darauf zu vertrauen, dass er alles erledigte, was mit Gregor zu tun hatte: Kindergartendienst, Einkaufen, Kochen und so weiter. Ob er sich Büroräume woanders suchen sollte? Dann wäre wenigstens das Selbstverständliche aus der Nummer raus. Andererseits wäre das eine unnötige Ausgabe und obendrein ziemlich unpraktisch. Seine Lernsoftware konnte er wunderbar zu Hause programmieren und Spiele für die Kleinsten immer sofort »am lebenden Objekt« ausprobieren, in dem er Gregor als Mini-Tester an den Computer ließ.

Was Mara, wenn sie es denn mitbekam, regelmäßig auf die Palme brachte. »Das Kind muss raus an die frische Luft und sich bewegen, nicht am PC versauern! Und dir täte ein bisschen mehr Bewegung auch gut«, sagte sie gebetsmühlenhaft immer wieder.

Wenn er dann einzuwenden wagte, sie könne mit dem gemeinsamen Sprössling schließlich auch rausgehen, antwortete sie regelmäßig (und nicht zu Unrecht, wie er zugeben musste): »Wer geht denn mit ihm Radfahren? Und Schwimmen? Und in den Zoo? Und in die Waldschule? Und sogar Fußballspielen?!«

Alles nicht so einfach! Immerhin war der Espresso fantastisch, wie immer bei Marcello, im Hintergrund lief gute Musik, und die Sonne schien. Anton seufzte und rührte einen Extra-Löffel Zucker in seinen Kaffee.

9:08 Uhr

Susanne Plaschke empfand Angst. Beißende, nagende, marternde Angst. Die Ermordung ihres Mannes hatte ihr komplett den Boden unter den Füßen weggezogen. Klar, sie hatte ihn so satt gehabt, satter ging es kaum, aber das? Der blanke Horror!

Fieberhaft zermarterte sie sich das Hirn, wer ihren Gatten auf so brutale Art und Weise ins Jenseits befördert haben könnte. Einer der Vereinskameraden?

Es hatte Riesenärger gegeben im Bogenschützenverein bei der letzten Mitgliederversammlung. Einer der Vorstände, genauer: der Schulsenator, wollte Reiner Plaschke ausschließen, woraufhin der völlig ausgeflippt war. Susanne hatte ihren Mann noch nie so wütend gesehen. Reiner stand fast der Schaum vor dem Mund, und er wäre um ein Haar handgreiflich geworden. Der Grund war ursprünglich sehr simpel: Reiner wollte sich als Kassenwart zur Wiederwahl stellen und war dann mit einem Untreue-Verdacht aus dem Rennen gedrängt worden. Dabei ging es um Geld für den Neubau des Schießstandes. Nachher hatte sich herausgestellt, dass Senator Hermann Arnsdorf selbst das Geld auf ein anderes Clubkonto transferiert hatte. Warum, konnte er nicht begründen, und Susanne hegte den Verdacht, dass es ihm von vornherein einzig und allein darum gegangen war, ihren Mann irgendwie loszuwerden.

In seiner Aktentasche, die sie routinemäßig durchstöberte, während er in der Badewanne lag, hatte sie eine Notiz entdeckt: *Bring nicht auch noch den Verein in Verruf. Schick mir Deinen Austritt, oder Deine Frau erfährt alles.*

Obwohl er sie nicht ins Vertrauen gezogen hatte, konnte sie sich zusammenreimen, dass schulische Probleme dahintersteckten. Alles hing irgendwie zusammen.

Reiner war in der Vergangenheit mehrfach bedroht worden. Vor allem ein türkischer Vater rief immer wieder an und hinterließ auf dem Anrufbeantworter Botschaften wie: »Ich machen dir Hölle, wenn du nicht lassen meine Tochter in Ruhe!« – »Ich machen der Gleiche mit deine Frau wie du mit meine Tochter.« – »Ich weiß, wo du wohnst. Ich komme, wenn Nacht.«

Was, wenn Reiners Tod dem Mörder nicht genug war? Was zum Teufel hatte ihr Mann angestellt, um solchen Hass auf sich zu ziehen? Und welche Gefahr drohte nun ihr selbst?

9:15 Uhr

Der Mann vom Schlüsseldienst war übergewichtig und kurzatmig, aber extrem schnell. Innerhalb weniger Minuten hatte er an Scharfetters eleganter Altbautür mit der Jugendstilverglasung den Schließzylinder gewechselt und das Gleiche am schmucklosen Dienstboteneingang erledigt, der zum zweiten Treppenhaus führte.

»Det isset«, berlinerte der Handwerker, »Baret lacht.«

Ute Scharfetter, die ihre Verletzungen notdürftig mit Camouflage-Make-up überschminkt hatte, drückte dem Mann noch ein großzügiges Trinkgeld in die Hand.

Mit einem Blick auf ihre Sonnenbrille und das verschwollene Gesicht wies der Schlüsselmann das Trinkgeld zurück: »Nee, jute Frau, det brauchen Sie nötiger als icke. Nix für unjut.«

Betreten steckte die Unternehmensberaterin das Geld wieder in ihr Portemonnaie. So etwas war ihr noch nie passiert. Mitleid von einem Handwerker. Die Tränen schossen ihr in die Augen, aber sie schaffte es, sich halbwegs anständig zu verabschieden. Wie hatte es nur so weit kommen können?

»So, nun zum Arzt.« Grazyna war lautlos hinter ihr aufgetaucht, bereits fertig angezogen und hielt in der Hand eine leichte Jacke für ihre Arbeitgeberin.

Ute nickte. »Christian, kommst du mit?«

Der Junge stand verlegen mitten im Flur.

»Lieber doch nicht, Mama. Das ist so … Bitte!«, kam es flehentlich.

Ute Scharfetter musterte ihren Sohn. Seitdem er nach Hause gekommen war, hatten sie nur über sie selbst gesprochen, versucht, ihre Probleme zu lösen. Aber es war ganz klar: Der Junge hatte auch welche. Nun, die würde sie später in Angriff nehmen. Als Erstes musste sie jetzt zum Arzt.

»Okay, Christian, wir schaffen das auch allein. Bis später, mein Schatz.« Und sie nahm ihren Großen liebevoll in die Arme.

Gemeinsam mit Grazyna waren sie übereingekommen, zunächst nur die Schlösser auszuwechseln und beim Arzt ihre Verletzungen aufnehmen zu lassen, die Polizei aber noch nicht zu involvieren. Per E-Mail wollte sie ihren Mann dann darüber in Kenntnis setzen, dass er ab sofort keinen Zutritt mehr zur Wohnung habe.

Vermutlich, so räsonierte Ute Scharfetter, hätte er ein ebenso großes Interesse daran wie sie, die Angelegenheit stillschweigend zu klären, statt in aller Öffentlichkeit schmutzige Wäsche zu waschen und sich einer polizeilichen Untersuchung zu stellen. Der Professor hatte nicht nur seinen Ruf zu verlieren. Gerade stand die Vergabe eines neuen Forschungsprojekts an, für das er sich beworben hatte.

Grazyna war der Ansicht gewesen, es sei besser, sofort die Polizei zu informieren, doch vor allem Christian schien die Lösung seiner Mutter vorzuziehen.

»Wenn Papa in aller Öffentlichkeit das Gesicht verliert, wird er unberechenbar. Solange er weiterhin so tun kann, als sei er der Gute, lässt er uns vielleicht in Ruhe«, hatte der 16-Jährige argumentiert.

»Und wenn ich ihm den Arztbericht maile und ihm sage, dass den die Polizei bekommt, falls er uns bedroht, habe ich den Trumpf in der Hand. Außerdem möchte ich auch nicht, dass meine Kunden mitbekommen, was hier passiert ist. Die werden sich schon genug den Mund darüber zerreißen, wenn sie erfahren, dass wir uns scheiden lassen.«

Schließlich hatte Grazyna nachgegeben. Insgeheim glaubte sie jedoch nicht, dass die Scharfetters so leicht davonkommen würden. Der Professor würde versuchen, sich zu rächen, davon war die Hausangestellte fest überzeugt.

9:16 Uhr

Erstaunt blickte Anton von seinem Tagesspiegel auf, den er sich zum Espresso gegönnte hatte, als Mara mit ihrem Team bei Marcello aufkreuzte. »Du hier?«

»Wegen der Lehrer. Die sind alle von der Bergius-Schule.«

»Hab ich auch schon gemerkt, die haben ja kein anderes Thema als den toten Lehrer. Das hättest du mir heute früh aber wirklich sagen müssen. Weil ich das nicht wusste, hab ich *Info TV* angeschaltet, und Gregor kann überhaupt nicht verstehen, was der Mann da am Baum sollte.«

»Gregor hat die Bilder gesehen? Bist du wahnsinnig?«

Aufgebracht starrte Mara ihren Mann an. Der winkte ab.

»Nicht meine Schuld. Ich konnte ja nicht ahnen, was du mit »Mann am Baum« meinst!«

»Apropos: Was meintest du eigentlich, als du sagtest, du verlässt mich?«

Anton wand sich. »Wir müssen reden. So geht das doch nicht weiter. Mit uns meine ich.«

Mara holte tief Luft. Dann nickte sie. Mit einem Seitenblick war ihr aufgefallen, dass Wolles Ohren groß wie die eines Elefanten geworden waren.

Leise sagte sie: »Wenn das hier vorbei ist. Ich nehme mir frei. Wir fahren ein paar Tage weg. Es wird alles wieder gut. Okay?!«

Beschwörend sah sie ihrem Mann in die Augen. Der nahm sie in die Arme und legte seinen Kopf auf ihren.

»Alles gut.« Und laut, in Richtung Wolle: »Es gibt nichts zu klatschen Wolle. Alles paletti bei Baumes, klar?«

Wolle rollte mit den Augen und griente. Von wegen, sagte sein Blick, während er darüber nachsann, was Milla und Martin zum schiefen Haussegen ihrer lieben Kollegin wohl zu sagen hätten.

Wie von ihrer Nichte vorausgesagt wollte keiner der Marcello-Lehrertruppe auch nur ein Sterbenswörtchen mit »den Medien« reden. Statt dessen vibrierte Maras Handy.

»Was hast du Neues für die 12-Uhr-News?«, wollte Stefanie wissen.

»Erzähl ich dir im Schnitt. Ich fahr vorher noch zur Witwe und komm dann rein. Schickst du Stefan zur Polizei-PK?«

Stefan Bingemer war Maras Lieblingskollege. Er stammte aus Schwaben, was man allerdings nicht hörte, und lebte mit Uwe, einem Doktor der Geschichte, zusammen. Die beiden kochten gelegentlich gemeinsam mit Anton und Mara in deren geräumiger Altbauküche. Stefan brachte zu solchen Anlässen immer einen hervorragenden schwäbischen Trollinger mit, den die vier dann genussvoll »schlotzten«. Abgesehen davon schätzte Mara Stefans unaufgeregte Art und seinen präzisen Arbeitsstil. Wenn er ihr zuarbeitete, konnte sie sich auf die Informationen hundertprozentig verlassen.

»Steff, dieser Typ muss der absolute Kotzbrocken gewesen sein. Ich hab ein paar Sahne-O-Töne!«

»Super! Willst du mir schon ein paar Bänder reinschicken?«

»Mach ich. Bis später!«

9:17

Sven und Marcel kamen langsam wieder runter von ihrem Trip. Die beiden Teenager hingen auf einer der Bänke des Renée-Sintenis-Platzes ab. Das Rondell vor der Post war einer ihrer Lieblingsplätze. Hier wurden sie von niemandem vertrieben. Keiner störte sich an den schwänzenden Schülern – solange sie ruhig waren.

Die hohen, schlanken Birken und die kleine Bronzeplastik eines grasenden Fohlens gaben dem Platz etwas Friedvolles. Die Gegend um den Platz gehörte zum ältesten Teil Friedenaus. Das ehemalige *Kaiserliche Postamt I. Klasse* wäre um ein Haar das Friedenauer Rathaus geworden. Aber das wurde dann doch ein paar Meter weiter am Breslauer Platz gebaut. Schräg gegenüber von Sven und Marcel lag mit dem *Spielplatz* einer der beliebtesten Spielzeugläden des Berliner Südens, wo man pädagogisch wertvolles Holzspielzeug ebenso wie bei Kindern angesagte Plastikfiguren kaufen konnte.

Schräg hinter den Jungs ging es zur Niedstraße, der ehemaligen Literaturmeile Friedenaus. Hier in der Nummer 13 hatte Nobelpreisträger Günter Grass gewohnt, in der 14 der Schriftsteller Uwe Johnson sowie der Maler Karl Schmidt-Rottluff und in der Niedstraße Nummer 5 Erich Kästner. Der Schriftsteller und Philologe Max Halbe lebte in der Nr. 10 und der Schriftsteller und Dramaturg Günther Weisenborn im Haus Nr. 25.

Sven und Marcel hatten davon keine Ahnung und wenn sie es gewusst hätten, wäre es ihnen herzlich egal gewesen. Sie beschäftigten sich ausschließlich mit sich selbst im Hier und Jetzt.

»Meinst 'n, wer den alle gemacht hat?«, fragte Marcel in Anspielung auf seinen toten Klassenlehrer.

Sven zuckte die Achseln.

»Acun?«

Sven schüttelte den Kopf. »Der kann doch nicht mal 'n Bogen halten.«

»Tarik?«

»Wenn schon, dann sein Alter.« Sven spuckte auf den Boden. »Oder der Alte von Elaya, weil er die befingert hat.«

»Hat er?« Marcel blickte interessiert auf.

»Hhm«, grunzte Sven unverbindlich.

»Chrissie?«

Sven tippte sich an die Stirn. »Hallo?! Der ist doch viel zu soft!«

»Aber Schießen hat er voll drauf«, konterte Marcel.

Sven brachte den Jüngeren mit einer Handbewegung zum Schweigen. »Guckste! Chrissies Alter.«

Tatsächlich blinkte Professor Stefan Scharfetter gerade mit der Fernbedienung seine schwarze M-Klasse zu und lief mit einem langen, schmalen Paket unter dem Arm zum Postamt.

»Schleppt 'n der da rum?«

»Knarre?!«

Beide lachten dreckig. Dann boxte Sven seinen Kumpel in die Seite und die Jungen brachen auf in Richtung U-Bahn, sehen, was abgeht, Action machen.

Als sie in der Station Friedrich-Wilhelm-Platz den Bahnsteig betraten, fuhr gerade der Zug zum Rathaus Steglitz ab. Für einen winzigen Augenblick hatte Marcel das Gefühl, dem ausfahrenden U-Bahnzug hinterherspringen zu wollen, so als könne dieser ihn mit sich ziehen wie die Strömung eines unterirdischen Flusses in die Freiheit des offenen Meeres.

9:20

Hauptkommissar Laszlo Zsögöd steckte sein Handy in die Tasche. »Das war Hartmut«, sagte er zu seiner Kollegin Anja. »Stell dir vor: Unser ach so fähiger Schulsenator ist einer der Vorstände in Plaschkes Bogenschützen-Verein.«

»Ach nee! Der feine Hermann Arnsdorf … na, da wollen wir doch gleich mal einen Hausbesuch machen, oder Laszlo?«

»Worauf du dich verlassen kannst!«

Die beiden Polizisten hatten den CDU-Senator schon länger auf dem Kieker. Hintergrund war eine interne Auseinandersetzung über die Verantwortlichkeiten im Rotlichtmilieu.

Lange Zeit waren die Nutten vom Stuttgarter Platz von der Polizei ziemlich menschenverachtend behandelt worden: Die Beamten zerrten Prostituierte samt Freier splitterfasernackt aus den Betten, wann immer ihnen danach war, erwarteten freie Nümmerchen und verhörten die Damen mit extrem scharfen Methoden. Dann, vor gut zwei Jahren, hatte ein Freund von Zsögöd, Bernd Kastner, den Kiez als Verantwortlicher übernommen. Unter seiner Ägide änderte sich das Klima. Die Beamten gingen plötzlich korrekt mit den Nutten um, Kastner erwarb sich das Vertrauen der Frauen. So sehr, dass die sich trauten, gegen brutale Zuhälter auszusagen und sogar Illegale zur Polizei kamen, um gegen die Menschenhändler, die für ihre missliche Lage verantwortlich waren, auszusagen.

Doch von einem Tag auf den anderen wurde Kastner abgesägt. Unter Hinweis auf »behördeninterne Umstrukturierungsmaßnahmen« wurde der faire Beamte weggelobt zum Drogendezernat und auf dem Kiez herrschte wieder der alte Schlendrian, Gewalt und Vorteilsnahme inklusive.

Die Prostituierten liefen Sturm dagegen, die Boulevardpresse titelte *Nutten wollen ihren Cop zurück* – aber vergebens.

Laszlo Zsögöd und Anja Hartmann wussten genau wie eine Menge anderer Polizisten, was dahintersteckte: Kastner hatte den Schulsenator im Bordell erwischt. Und der war zu seinem Kollegen vom Inneren gerannt und hatte ihn erfolgreich gebeten, den Beamten kaltzustellen, damit bloß keiner mitbekam, wo er sich des Nachts aufhielt. Weil sich natürlich nichts davon beweisen ließ und Kastner als Beamter nicht gegen seinen Dienstherrn aussagte, waren die Polizisten zum Schweigen verurteilt. »Kungelei, Schieberei und Schweinerei,« hatte Zsögöd damals geflucht, »und dir sind als Beamter trotzdem die Hände gebunden.«

Seitdem waren für Zsögöd und seine Kollegen die beiden Senatoren unten durch, und der Hauptkommissar verspürte eine klammheimliche innere Freude darüber, den Bildungssenator gleich mit gutem Grund »grillen« zu dürfen.

»Glaubst du, deine Journalistenfreundin hat auch schon davon Wind bekommen?«, riss ihn Anja Hartmann aus seinen Überlegungen.

Laszlo machte eine unbestimmte Handbewegung. Er wusste, dass Mara seinerzeit von einer wütenden Bordellchefin die Wahrheit erfahren, aber mangels Beweisbarkeit niemals veröffentlicht hatte. Er wusste weiterhin, dass sie, genau wie er, seitdem auf eine Chance lauerte, die Senatoren auflaufen zu lassen. Ob sie allerdings die Bogenschützen-Verbindung bereits entdeckt hatte und, noch viel wichtiger, ob die genug Futter bot, um anzugreifen, konnte er nicht einschätzen.

»Zuzutrauen wäre es ihr. Früher oder später erfährt sie es auf alle Fälle. Die Frage ist: Schaffen wir eine Befragung noch vor der PK – und bringt uns das weiter?«

Anja lächelte in sich hinein und lenkte das zivile Polizeiauto schon mal in Richtung Schulbehörde. »Einen Versuch ist es wert, oder?«

Laszlo gab nickend sein Einverständnis.

9:34

Mara war völlig überrascht gewesen, wie leicht sie Zutritt zur Plaschke'schen Villa erhalten hatte. Aus unerfindlichen Gründen lauerte noch keiner der anderen Reporter vor der Tür, und die Witwe hatte Mara und ihr Team wie in Trance ins Wohnzimmer geführt.

Dort hatte die Putzfrau mittlerweile durchgelüftet und die Aschenbecher geleert, außerdem war sie ihrer Arbeitgeberin beim Ankleiden behilflich gewesen, sodass diese statt in Bademantel und Pantoffeln nun in dunkelgrauem Rock und schwarzer Bluse einen wesentlich respektableren Anblick bot als noch beim Eintreffen der Polizei.

Mara hatte ihren Kameramann Andreas angewiesen, die Kamera einfach laufen zu lassen. Sollte Susanne Plaschke mit einer Veröffentlichung nicht einverstanden sein, würde sie das schon sagen. Ansonsten hatte Mara vor, ihr das Einverständnis direkt aufs Band zu entlocken.

Für den Bruchteil einer Sekunde zögerte sie. Wie ethisch konnte »Witwenschütteln« sein? So nannten es Journalisten, wenn sie Hinterbliebene einer wie auch immer gearteten Katastrophe unmittelbar nach dem Ereignis in die Öffentlichkeit zerrten. Eine auch unter Redakteuren umstrittene Praxis, purer Voyeurismus eigentlich – und ein Kampf zwischen konkurrierenden Medien, der immer häufiger mit dem Scheckbuch entschieden wurde: Wer am meisten bot, zeigte die meisten Tränen.

Geld spielte hier keine Rolle, das merkte Mara sofort. Empathie würde das Eis brechen. Diese Frau vor ihr war schrecklich einsam. Und das nicht erst seit wenigen Stunden.

Auch Andreas spürte die Zerbrechlichkeit der Situation. Mit knappen Gesten gab er Wolle zu verstehen, dass sie als

Team komplett im Hintergrund bleiben mussten.

Susanne Plaschke wirkte wie erstarrt. Sie bewegte sich marionettenhaft, das Gesicht unnatürlich blass, der Gang tastend.

Die vier ließen sich auf der wuchtigen Sofakombination nieder, das Leder quietschte leise, als Andreas das Gewicht verlagerte, um die Kamera in die günstigste Position zu bringen.

Die Putzfrau servierte unaufgefordert Kaffee.

»Frau Plaschke, erst einmal möchte ich Ihnen mein Mitgefühl aussprechen …«, begann Mara, wurde jedoch von der erhobenen Hand der Angesprochenen sofort gestoppt.

»Keine Floskeln, bitte. Entweder wissen Sie es schon, oder Sie finden es ganz schnell heraus: Mein Mann war nicht sehr beliebt.« Sie machte eine Pause, holte tief Luft und sagte dann ganz leise: »Nicht einmal bei mir.«

Mara schaltete um. »Wer könnte Ihren Mann getötet haben?«

Die Frau schüttelte ratlos den Kopf. »Ich weiß nicht. Ein Vereinskamerad? Nein. Nein, das glaube ich nicht. Ein Schüler? Oder ein Vater? Wissen Sie, er wurde bedroht. Manche Eltern … Sie können sich das nicht vorstellen! Ich habe solche Angst!«

Verblüfft hakte Mara nach. »Wovor haben Sie Angst, Frau Plaschke?«

»Ich könnte die Nächste sein«, flüsterte die Frau verstört.

»Aber warum?«

»Wenn jemand Reiner so sehr gehasst hat … vielleicht hasst dieser jemand mich dann auch?« Frau Plaschke starrte Mara mit weit aufgerissenen Augen an.

Sie dreht durch, dachte Mara, sie braucht Hilfe. Dann

sagte sie: »Frau Plaschke, wer könnte ein Interesse daran haben, Sie umzubringen? Hatten Sie denn Kontakt zu den Schülern Ihres Mannes? Oder zu deren Eltern?«

Susanne Plaschke schüttelte wieder den Kopf und wirkte noch verwirrter. »Nein. Ich meine, ja, schon, aber nur am Telefon. Sie haben ihn beschimpft, die Eltern. Die Kinder hätten das nicht gewagt. Aber manche Eltern …Oder vielleicht war es doch ein Schüler?«

Mit einem deutlichen Klirren setzte Wolle seine Kaffeetasse auf die Untertasse. Mara seufzte innerlich auf.

Frau Plaschke zuckte zusammen und mit einem Mal fokussierten ihre Augen wieder scharf. »Haben Sie das jetzt gefilmt?«, frage sie mit spitzer Stimme.

Mara antwortete: »Wir möchten helfen, den Mörder Ihres Mannes zu finden, Frau Plaschke. Wollen Sie ihm durch uns irgendetwas sagen? Dass er sich stellen soll zum Beispiel?«

Plaschkes kurze Entschlossenheit fiel wieder in sich zusammen.

»Reiner war … er war …er war kein böser Mensch!«, stieß sie hervor, und dann, kaum vernehmbar: »Ganz früher, da war er ein Guter.« Die Frau ließ den Kopf in die Hände sinken. Ihre Schultern bebten. Als sie wieder aufsah, quollen zwei winzige Tränen aus ihren Augenwinkeln.

Na bitte, dachte Andreas, der Plaschkes Gesicht bildfüllend mitschnitt.

»Das hat er nicht verdient. Das hat niemand verdient.« Ein Schaudern durchlief ihren Körper, bevor sie sich wieder straffte: »Und nun gehen Sie bitte.«

Draußen sahen die Fernsehleute einander ratlos an.

»Was war das denn?«, brach Wolle das Schweigen.

»Wenn du in so einer Situation noch einmal mit einer Tasse klapperst …«, setzte Mara an, während Andreas gleichzeitig sagte: »Du Rindvieh, musstest du so einen Krach machen?«

Wolle grinste verschämt und sagte: »Ja, ja, ich weiß … dann darf ich nächstes Mal nicht mehr mitspielen.«

»Das ist nicht komisch, verdammt!«

9:39 Uhr

»Alles ab? Bist du sicher, Mann?«, fragte der türkische 10-Euro-Friseur vorsichtshalber noch mal nach.

Christian atmete durch und nickte entschlossen. »So, dass es Schwiegermuttern gefällt.«

»Oh Mann, das muss Liebe sein!«

Als die ersten Rastalocken zu Boden fielen, schloss der 16-Jährige die Augen. Es würde alles anders werden. Es würde alles wieder gut werden. Jetzt, wo Plaschke weg war. Und sein Vater. Er würde wieder durchstarten. Keine »Christina« mehr sein. Kein Rumhängen mit Sven und Marcel. Seine Mutter sollte stolz auf ihren Großen sein. Sie sollte endlich wieder lachen.

Die Idee, sich die Haare schneiden zu lassen, war ganz spontan gekommen. Wie ein sichtbares Zeichen seiner neu gewonnenen Entschlossenheit. Und als »Leck mich« für den Vater: Jetzt, wo du mir nichts mehr sagen kannst, mache ich, was du mir befehlen wolltest.

Der Friseur hielt Christian etwas beklommen den Spiegel hin. Der Junge drehte und wendete seinen Kopf. Ein Lächeln kroch aus seinen Augenwinkeln, erst nur winzige Fältchen, dann wurde es breiter und breiter und erreichte den Mund

und die Grübchen und schließlich lachte Christian lauthals los, und der Friseur fiel erleichtert ein und die beiden lachten, bis sie Luft holen mussten.

»Ja«, sagte der Friseur schließlich, »das wird Schwiegermutter gefallen.«

»Nicht nur der«, nickte Christian versonnen.

9:42 Uhr

Anja Hartmann parkte das zivile Polizeifahrzeug vor der Senatsverwaltung für Bildung, Wissenschaft und Forschung in der Beuthstraße in Berlin-Mitte. Neben Laslo Zsögöd betrat die Polizistin das moderne Gebäude und ging zielstrebig direkt zum Vorzimmer des Senators. Die Polizisten wurden bereits erwartet, Anja hatte den Besuch bei Herrmann Arnsdorf von unterwegs angekündigt.

Der dicke CDU-Senator bemühte sich selbst zur Tür, wedelte seine Sekretärin mit einer »Hol Kaffee«-Geste zur Seite. »Eine schreckliche Sache, Herr Hauptkommissar! Haben Sie schon einen Verdächtigen? Sie müssen das so schnell wie möglich aufklären – die Unruhe! Die Angst! Und in sieben Monaten wird gewählt! Die Menschen müssen sich sicher fühlen!«

Zsögöd nickte knapp. »Senator.« Statt dem rotgesichtigen Endfünfziger die Hand zu geben, wies er mit seiner Rechten in dessen Büro, ganz so, als sei er hier der Hausherr, nicht der Senator. Mit Erstaunen stellt Anja Hartmann fest, dass der Politiker sich tatsächlich das Heft aus der Hand nehmen ließ. Die beiden Polizisten tauschten einen Blick mit hochgezogenen Augenbrauen. Er musste erschütterter als erwartet sein, vermutete auch Laszlo.

Anders als bei der Polizei wurde bei der Senatsverwaltung an nichts gespart, dachte Anja, die mit Kennerblick die Kekse auf dem Tisch als *Bahlsen Selection* identifiziert hatte und sich sogleich auf Kipferl, Waffeletten und Chokinis stürzte. Schließlich war sie heute noch nicht mal zum Frühstücken gekommen.

Laszlo nahm mit schwarzem Kaffee vorlieb und kam gleich zur Sache: »Senator Arnsdorf, wie standen Sie zu Reiner Plaschke?«

»Wie bitte? Ich?« Arnsdorfs rotes Gesicht errötete noch etwas mehr.

»Sie waren im selben Bogenschützenverein wie der Tote. Sie müssen als Vorstand oft mit ihm zu tun gehabt haben. Immerhin war er der Schatzmeister Ihres Vereins.«

Arnsdorf atmete auf, wie Zsögöd interessiert bemerkte.

»Auch nicht viel mehr als die anderen Mitglieder. Plaschke war ein guter Schatzmeister, sehr penibel. Aber mehr als Vereinskameraden waren wir nicht«, beteuerte der Senator etwas zu bemüht für Laszlos Geschmack. Einer plötzlichen Eingebung folgend beschloss der Hauptkommissar, zu pokern: »Uns liegen Erkenntnisse über eine weitere Verbindung zwischen Ihnen und Reiner Plaschke vor, Herr Arnsdorf. Erkenntnisse, die uns in die Gegend des Stuttgarter Platzes führen. Füllen Sie unsere Wissenslücken lieber jetzt oder wollen Sie wirklich, dass wir in der Öffentlichkeit weiter ermitteln müssen?«

Anja Hartmann erstarrte mitten im Kauen und hielt die Luft an. War Laszlo wahnsinnig geworden? Den Senator derart anzugehen konnte beruflicher Selbstmord sein.

Doch der Politiker leistete keinen Widerstand. Er sackte in sich zusammen und hob resigniert die Hände. »Wenn Sie es ohnehin wissen«, seufzte er fast unhörbar. »Das darf nicht an die Öffentlichkeit kommen. Ich wäre ruiniert.« Eindringlich starrte er dem Hauptkommissar ins Gesicht.

Der verzog keine Miene. Innerlich amüsierte er sich königlich über die Verlegenheit seines Gegenübers. Mit unbewegtem Blick forderte er Arnsdorf zum Weitersprechen auf.

»Es fing vor etwa zwei Jahren an. Nach einer Vereinssitzung. Wir wollten eigentlich nur noch etwas trinken. Wie das so ist, unter Männern.« Anja Hartmann schien für den Senator nicht mehr anwesend zu sein. Er fuhr fort: »Plaschke meinte, er kenne da einen Laden. Sie wissen schon. Meine Frau war zur Kur. Ich bin also mit gegangen.«

»In den Laden, in dem Kollege Kastner Ihnen vor ein paar Monaten begegnet ist?«, fragte Zsögöd süffissant.

»Ich war nicht so oft da wie Plaschke!«, bäumte sich der Senator plötzlich auf.

Anja Hartmann mischte sich überraschend ein: »Seit wann hat Plaschke Sie erpresst?«

Zsögöd warf ihr einen verblüfften Blick zu. Die junge Polizistin beruhigte ihn mit einem Augenaufschlag.

Der Senator wirkte wie ein aufblasbares Gummitier, dem jemand die Luft rausgelassen hat. »Es war nicht so, wie Sie denken«, setzte er an, um sich, auf Zsögöds Zweifeln hin, sofort zu korrigieren: »Okay, okay – es war so! Verdammt! Was sollte ich denn machen? Ich hab dem Vater geschrieben, dass seine Tochter nach internen Untersuchungen mit ihrer Behauptung nicht durchkommt. Und dass sie nach den Ferien einen Platz auf einer anderen Schule bekommt.«

Die Polizisten blickten einander etwas ratlos an.

»Erzählen Sie es bitte noch einmal hintereinander, Senator.«

»Plaschke hat die Geschichte mit Kastner in der Zeitung gelesen. Und hat mir gedroht, den Journalisten zu erzählen, dass wir gemeinsam da waren. In dem Laden. Wenn ich ihm nicht helfe, den türkischen Vater ruhigzustellen, dessen Tochter er angefasst hat. Also hab ich ihm geholfen. Was sollte ich denn tun? Aber mit dem Mord habe ich nichts zu tun! Nichts!«

Obwohl der Hauptkommissar den Senator gern noch etwas länger in die Zange genommen hätte, war ihm klar, dass mehr aus dem Mann nicht herauszuholen war. Und sein Bauchgefühl sagte ihm darüber hinaus, dass Arnsdorf die Wahrheit gesagt und mit dem Mord tatsächlich nichts zu tun hatte.

Außerdem gab es keine Kekse mehr.

»Was für ein mieses Schwein!«, sagte Anja, als sie und Laszlo wieder im Polizeiwagen saßen.

»Wer jetzt?«, fragte ihr Vorgesetzter.

Die Polizistin sah ihn erstaunt an. »Na, beide. Eigentlich meinte ich den Senator. Aber Plaschke muss genauso ein Ekelpaket gewesen sein. Grabscht 'ne kleine Schülerin an. Erpresst einen Vereinskameraden, obwohl, da hat's den Richtigen erwischt. Und macht alles nieder, was ihm begegnet. Eigentlich hab ich gar keine Lust mehr, seinen Mörder zu suchen.«

Zsögöd runzelte die Stirn. »Wie bitte?!«

»Schon gut. Ich mein ja bloß«, grinste Anja.

9:58 Uhr

Mara hatte es sich im Fond des Kamerawagens bequem gemacht. Mit ihrem Team war sie auf dem Rückweg in den

Sender, als ihr plötzlich bewusst wurde, dass sie immer noch Millas Wickelkleid trug, das diese ihr am Morgen für den Live Talk in der Sendung geliehen hatte.

»Wolle, fahr doch mal eben bei mir zu Hause vorbei. Ich will mir schnell was anderes anziehen.«

Wolle schmunzelte in den Rückspiegel: »Schade. So ein hübsches Dekolleté!«

Mara blickte nach unten und zupfte das Kleid über ihrer Brust etwas enger zusammen. Wickelkleider war sie nicht gewohnt. Und dieses hier klaffte ganz schön auseinander. »Wollt ihr mit hochkommen auf einen Kaffee?«, fragte sie ihre Kollegen.

»Nee, lass man«, antwortete Andreas. »Wenn ich noch mehr Koffein in mich reinkippe, fliege ich. Wir warten unten.«

»Also, ich würde schon …«, setzte Wolle an, doch Andreas schnitt ihm das Wort ab.

»Wir warten unten!« Die Szene zwischen Mara und ihrem Mann bei Marcello war ihm nicht entgangen und er wollte ihr eine weitere peinliche Beobachtung durch den Kameraassistenten ersparen.

Mara zwinkerte ihrem Lieblingskameramann dankbar zu und verschwand hinter der imposanten Holztür ihres Altbaus. Immer zwei Stufen auf einmal nehmend lief sie hinauf in ihre Wohnung.

Nachdem sie die Wohnungstür aufgeschlossen hatte, knallte diese gegen die Badezimmertür.

»Oh nee!«, maulte Mara. Ihre »Männer« ließen mit schöner Beharrlichkeit die Badezimmertür offen stehen. Und weil diese sich nach außen öffnete, die Eingangstür aber nach innen, stieß man immer mit den Türen zusammen, wenn man die Wohnung betrat.

Als Nächstes fiel sie fast über ein paar Gummistiefel mit Totenkopfmuster in Größe 28, beschloss aber, ihren Mund zu halten statt zu meckern. Anton, der sowieso ordentlicher war als sie, räumte meistens hinter ihrem gemeinsamen Sohn her, und weil Anton ohnehin schon sauer war, wollte sie ihn nicht noch mehr vergrätzen, obwohl sie es nicht ganz nachvollziehen konnte, warum er Gregors Stiefel nicht ins Schuhregal gestellt hatte.

»Mara?«, kam Antons Stimme aus seinem Arbeitszimmer.

»Jaha, ich muss mich schnell umziehen!«

Während Mara aus dem taubenblauen Wickelkleid in eine beigefarbene Leinenhose und eine hellblaue Bluse umstieg, erschien ihr Mann im Türahmen. »Kommst du zum Mittagessen nach Hause?«

»Machst du Witze? Ich bin froh, wenn ich zwischendurch irgendein Sandwich abgreifen kann!«

»Ich dachte ja nur … du bist ja schon so lange unterwegs …«

Mara blickte von ihren Blusenknöpfen auf. Anton stand inzwischen unmittelbar vor ihr. Seine Augen bohrten sich genau in ihre.

Sie ließ die Hände sinken. Anton öffnete langsam die Knöpfe, die sie soeben geschlossen hatte. Seine Hände glitten unter den dünnen Stoff und streichelten über ihre Flanken bis zum Rücken. Geschickt öffnete er den Verschluss ihres BHs und schob ihn hoch.

Mara protestierte sanft: »Ich muss zurück in den Sender …«

Sein Kuss verschloss ihren Mund. Er zog sie an sich. Mara küsste ihn zurück und ließ sich langsam mit ihm aufs Bett sinken. Seine Hand öffnete ihren Hosenknopf, zog den Reißverschluss hinunter.

»Ich hab nicht so viel Zeit …«

»Sooo lange brauchen wir ja nicht, oder?«, lächelte Anton lüstern, während seine Berührung Blitze durch ihren Körper schickte.

»Na, nicht gleich was zum Anziehen gefunden?«, fragte Wolle anzüglich, als Mara etwas später leicht erhitzt wieder bei ihrem Team auftauchte.

»Hab ich noch das Kleid an, oder was?«, konterte sie fröhlich.

»Mona hat angerufen, sie hat irgendwas Wichtiges herausgefunden«, mischte sich Andreas ein.

»Ich ruf sie auf der Fahrt zurück.«

Am Telefon erzählte die Praktikantin Mara aufgeregt, was sie im Internet herausgefunden hatte: »Ihr habt doch mit diesem Christian Scharfetter gesprochen, vor der Schule. Und weil Scharfetter ja ein eher ungewöhnlicher Name ist, hab ich den mal gegoogelt. Und dabei bin ich auf einen Professor Scharfetter gestoßen. In seiner Vita steht, er hat zwei Söhne. Das könnte der Vater von unserem Christian sein. Und der lehrt Mittelalterliche Geschichte. Und womit hat man im Mittelalter geschossen?«

Mara lächelte in sich hinein. »Super, Mona! Mit Pfeil und Bogen, klar! Hast du noch mehr?«

»Ob ich noch mehr hab? Allerdings! Ich bin dann zu ebay, Bogenschießen, und hab einfach mal den Namen Scharfetter eingegeben. Und Bingo: Der Prof verkauft da Pfeile und Bogen! Echte Mittelalter-Dinger und Nachbauten.«

»Coole Nummer! Versuch mal, alles über den Typen

herauszufinden, was nur geht. Ich bin gleich im Sender!«

»Okay, mach ich. Bis gleich!«

Sofort tippte Mara die nächste Nummer in ihr Handy und rief ihren Kollegen Stefan an.

»Hallo, meine Liebe. Ich bin gerade auf dem Weg zur Polizei-Pressekonferenz. Was gibt's?«

»Ich brauch die Nummer von Uwe, der muss mir was über einen Professor Scharfetter erzählen. Dessen Sohn war bei Plaschke in der Klasse.«

Stefan pfiff ins Telefon: »Scharfetter! Den kenn ich! Der leitet das Institut, an dem Uwe unterrichtet. Ich simse dir die Nummer. Hier geht's gleich los.«

Wie durch ein Wunder ging Uwe beim ersten Klingeln ans Telefon und konnte Maras Wissensdurst in Bezug auf Professor Scharfetter mit jeder Menge Informationen stillen. Der Mann war ein in Fachkreisen hochangesehener Mittelalter-Experte mit einem Faible für historische Waffen und einem nicht unumstrittenen, aber sehr rentablen privaten Waffenhandel.

»Was ich dir jetzt erzähle, ist aber nur Institutsklatsch: Man munkelt, dass ab und zu auch schon mal ein paar Fundstücke über seine Firma vertickt worden sind, die eigentlich ins Museum gehört hätten, aber beim Transport dann auf wundersame Weise vom Laster gefallen sind. Der Typ ist mit allen Wassern gewaschen. Er ist fachlich der Beste, aber menschlich …« Ein Schulterzucken, das man fast hören konnte.

»Und seine Familie? Der Sohn geht in die Klasse von dem toten Lehrer. Ging, meine ich.«

»Die Kinder kenn ich nicht. Seine Frau ist Unternehmensberaterin. Sehr elegant. Klug. Aber wenn du mich fragst: So richtig innig sind die nicht, die beiden. Sie treten zu perfekt auf, weißt du?«

»Ehekrise?«

»Hhm, nein. Was Profunderes. Ich kann den Finger nicht drauf legen, aber du würdest das auch spüren, wenn du die zusammen erlebst.«

»Danke, Uwe, du hast mir weitergeholfen. Sehen wir uns bald mal wieder bei uns?«

»Klar – wir bringen den üblichen Trollinger mit, wir waren letztes Wochenende wieder bei unserem Winzer.«

10:01 Uhr

Die Sprechstundenhilfe hatte Ute Scharfetter sofort durchgewinkt. Manchmal half es doch, privat versichert zu sein, dachte sie dankbar. Mit ihrem verschwollenen Gesicht hätte die Unternehmensberaterin äußerst ungern im Wartezimmer Platz genommen. Grazyna hingegen ließ sich entspannt dort nieder und blätterte in einer *Brigitte*. Sie hatte ihre Arbeitgeberin bis hierher begleitet, nun musste sie allein mit dem Arzt klarkommen.

Dr. Tauber war seit mehr als einem Jahrzehnt der Familiendoktor. Die Verletzungen seiner Patientin überraschten ihn nicht. Schon seit Längerem hatte er die Vermutung gehabt, dass sie von ihrem Mann geschlagen wurde, und nun war er froh, dass sie sich endlich dazu durchgerungen hatte, sich ihm anzuvertrauen. Sorgfältig dokumentierte der Arzt jede Prellung und jedes Hämatom. Mit seiner ruhigen, verständnisvollen Art nahm er Ute Scharfetter Angst und Scham. Erleichterung machte sich in der 48-Jährigen breit. Nach so langer Zeit nicht mehr lügen zu müssen tat ihr unendlich gut.

Nur als er ihr dringend ans Herz legte, ihren Mann anzuzeigen, sträubte sie sich.

»Frau Scharfetter, ich habe gerade eine Untersuchung zum Thema ›Gewalt in der Ehe‹ gelesen. Sie sind nicht allein. In der EU wird mindestens jede fünfte Frau irgendwann in ihrem Leben zum Opfer ihres Partners. Aber nur jeder zwanzigste Fall landet bei der Polizei! Wollen Sie denn nicht, dass der Täter zur Verantwortung gezogen wird?«

»Darum geht es nicht, Doktor. Nicht primär. Ich befürchte, dass mein Mann komplett ausflippt, wenn ich ihn anzeige. Ich habe ganz einfach Angst. Wissen Sie, ich habe auch eine Menge gelesen darüber im Internet. Zum Beispiel, dass in Frankreich 67 Prozent der Täter leitende Angestellte sind – kaum zu glauben, oder?« Sie lächelte leicht. »Aber was mich erschreckt hat, war die Tatsache, dass familiäre Gewalt die häufigste Todesursache für Frauen zwischen vierzehn und fünfundvierzig ist. Ich bin zwar ein paar Jahre älter, aber so möchte ich trotzdem nicht sterben.« Nun lächelte sie richtig.

Dr. Tauber vermerkte, dass sie zu ihrer alten Stärke zurückfand und nickte. »Das verstehe ich. Und das können Sie auch nur selber entscheiden. Aber wenn Sie Hilfe brauchen, können Sie auf mich zählen. Und den Bericht maile ich Ihnen so schnell wie möglich zu.«

10:05 Uhr

Der Innensenator saß direkt neben dem Polizeipräsidenten in der Mitte. Rechts daneben die ermittelnden Beamten, links Gerichtsmediziner und Pressesprecher. Kamerateams aller großen Sender und zusätzlich aller Hauptstadtstudios traten sich gegenseitig im Kampf um die besten Plätze auf die Füße. Dazwischen Radio- und Zeitungsleute. Der »Marterpfahl-Mord« war das Thema des Tages und die Polizeipressekonferenz für die Medienvertreter der wichtigste Termin des Vormittags.

Der Gerichtsmediziner hatte eben erklärt, dass der Tod durch einen Pfeil verursacht worden war, der von einem Bogen mit hoher Zugkraft aus kurzer Distanz abgeschossen worden sein musste. Nun erläuterte ein Sachverständiger, um welche Art von Pfeil es sich handelte.

»Die genaue Replik eines hochmittelalterlichen Pfeils mit handgeschmiedeter so genannter Bodkinspitze. Diese Art von Spitze wurde ursprünglich im mittelalterlichen England entwickelt, um Ritterrüstungen und Kettenhemden zu durchdringen. Es handelt sich dabei um einen schmalen, spitz zulaufenden Vierkant. Da es sich um eine ganz besondere handgefertigte Waffe handelt, sind wir zuversichtlich, die Herkunft der Tatwaffe in Kürze bestimmen zu können. Abgeschossen werden solche Pfeile vor allem von mittelalterlichen Langbögen. Eine ganze Reihe von Anbietern hat diese Bögen in ihrem Sortiment. Sie sind ebenso wie die Pfeile frei verkäuflich und fallen nicht unter das Waffengesetz.«

»Heißt das, jeder x-beliebige Wahnsinnige kann sich Pfeil und Bogen kaufen und mit so einer tödlichen Waffe herumschießen?«, fragte eine kurzhaarige Zeitungsreporterin ungläubig.

Der Experte verzog missbilligend das Gesicht. »Ein Bogen ist juristisch gesehen keine Waffe, sondern ein Sportgerät. Die Wucht des Pfeils wird durch die Stärke des Bogens bestimmt. Durch das so genannte Zuggewicht. Turnierschützen benutzen häufig Bögen mit einem Zuggewicht um die 40 Pfund. Der hier verwendete Bogen wird vermutlich ein Zuggewicht von mindestens 60 Pfund haben. Das heißt, er muss von einem starken, erfahrenen Schützen abgeschossen worden sein. Kein ›wahnsinniger‹ Laie würde das schaffen!«

»Also haben wir es mit einem erfahrenen Bogenschützen zu tun?«, fragte ein anderer Reporter.

Der Polizeipressesprecher mischte sich ein: »Davon ist auszugehen. Mit Rücksicht auf die laufenden Ermittlungen können wir derzeit aber keine weiteren Details preisgeben. Bitte haben Sie dafür Verständnis.«

10:18 Uhr

»›Mit leichter Hand voll auf die Zwölf‹?! Was soll das denn für ein Text sein?«, hörte Mara die erboste Stimme ihrer Chefin, als sie in den Gang zu den Schnitträumen des Senders einbog.

Stefanie Hausmann war mitten in der Abnahme eines Beitrags über einen abgehalfterten Boxer und dessen Comebackversuch. Vernünftige Texte und anständiges Deutsch lagen Steffi als CvD sehr am Herzen, und über abwegige Formulierungen konnte sie sich richtig aufregen. Aus den Augenwinkeln bekam sie mit, dass Mara in der Tür aufgetaucht war, und knallte dem Redakteur des Boxer-Beitrages seinen Text auf den Tisch: »Schreib das um, ich komm' nachher wieder!« An Mara gewandt fügte sie in ruhigerem Tonfall hinzu: »Wenn mich was aufregt, dann sind das schlampige Texte! Na gut, betrifft dich ja nicht. Was hast du denn mitgebracht?«

Mara lächelte breit: »Ein Rundum-Sorglos-Paket: die Witwe, die Schüler, den Schulleiter, eine Lehrerin – alle im

O-Ton. Richtig gute O-Töne noch dazu. Ich brauch' sofort einen Cutter, dann dengel ich dir ein Nachrichtenstück zusammen und einen Vierminüter fürs Mittags-Journal.«

Steffi nickte zustimmend. »Kannst auch länger werden. Stefan kommt gleich mit den Bildern von der Polizei-PK, die musst du auch noch einbauen. Und was hältst du davon, wenn wir als B-Stück ›Schulgewalt‹ machen?«

Mara wiegte abwehrend den Kopf. »Wir wissen noch gar nicht, ob der Mord wirklich direkt mit der Schule zu tun hat. Kann auch ein Bogenschütze aus dem Verein gewesen sein. Ich würde lieber was Spezielleres machen. Du erinnerst dich doch an das Stück über die Bergius-Schule? ›Erfolg mit Disziplin‹? Das könnte man in einen Kontext setzen, sind schließlich alles unsere Bilder. So nach dem Motto: Disziplin schön und gut – aber ist da einer der Lehrer zu weit gegangen? Weißt du, bei den Schülern hieß Plaschke ›das böse P‹.«

Steffi nickte. »Klingt gut. Ja, daraus lässt sich was machen. Das kann Stefan schneiden. Die meisten deiner Bilder sind schon eingeladen. Pack die neuen auf die Unity, dann hat er darauf Zugriff. Du kannst sofort in den Fünfer gehen.«

Damit war Cut fünf gemeint, in dem Boris, einer der schnellsten Cutter von *Info TV* gerade die aktuellen Bänder eindigitalisiert hatte.

Aus allen Schnitträumen konnte auf eine gemeinsame Festplatte, die so genannte Unity, zugegriffen werden, so dass einmal eingeladenes Material allen Redakteuren gleichzeitig zur Verfügung stand.

Bevor Mara mit ihrem Beitrag begann, schickte sie ihr Kamerateam noch zu Mona. Dort sollten sie die ebay-Seiten abdrehen, die Mona entdeckt hatte.

Dann wandte sie sich Boris zu: »Okay, wir fangen an mit

dem Gesicht des Toten, dann seine Witwe. Fahr mal zu der Stelle, wo sie sagt ›Ich habe solche Angst … ich könnte die Nächste sein‹. Ja, genau da. Dann zeigen wir die Schule, allgemeines BlaBla, Lehrer für Geschichte, Deutsch und Sport an der Friedrich-Bergius-Oberschule, dann von Kanzbergen. Genau, das ist der, der aussieht wie Higgy-Baby. Ganz kurz den Ausschnitt aus seiner Rede: ›Wir alle sind tief erschüttert über das feige Verbrechen, dass Studienrat Reiner Plaschke so plötzlich aus unserer Mitte gerissen hat. Unser großes Mitgefühl gehört seiner Gattin Susanne Plaschke.‹ So, nun zur Witwe, Text ist sinngemäß, obwohl sie erschüttert ist, weiß sie, dass ihr Mann nicht sehr vermisst wird. Da gibt es eine Stelle, wo sie sagt: ›Mein Mann war nicht sehr beliebt. Nicht einmal bei mir.‹ Ja, genau – und dann die Bilder aus dem Haus. Den Bogen im Flur. Da sag ich, dass er Schatzwart im Bogenschützenverein war. Da kannste Schwarz lassen, da kommen gleich Stefans Bilder von der Polizei-PK.«

Boris arbeitete rasant und hochkonzentriert. Innerhalb kürzester Zeit entstand im Schnittraum fünf eine aktuelle Zusammenfassung der Ereignisse. Mara und der Cutter waren so konzentriert, dass sie nicht einmal mitbekamen, als der Chefredakteur hinter ihnen im Schnittraum auftauchte.

»Jetzt die O-Töne der Schüler – erst mal die beiden Araber: ›Wir Ausländer waren ihm nicht gut genug‹ und ›Menschen zweiter Klasse‹, dann den kleinen Türken da rechts: ›Wir haben immer nur abgeloost‹ und dann wieder den großen Schlanken, Tarik heißt der: ›Der hatte einfach so einen Dünkel, hielt sich für was Besseres.‹ Und gleich noch die Reaktion von dem anderen Jungen: ›Voll das Arschloch war der!‹ Sehr gut und dann noch mal diesen Tarik ab ›… es ist schrecklich, was da passiert ist‹ bis ›so was wünscht man keinem. Nicht mal seinem Feind.«

»Sind die Jungs alle über sechzehn?« Die Frage des Chefredakteurs kam so unerwartet, das Mara und Boris zusammenfuhren. Mara wandte sich um und nickte.

»Einige sind sogar über achtzehn, Mona hat alle Namen und Daten aufgeschrieben. Wir brauchen keinen zu pixeln.«

Der Chefredakteur nahm das zur Kenntnis. »Verdammt gute Arbeit, Frau Baume!«

Bei unter 16-Jährigen hätten sie das schriftliche Einverständnis der Erziehungsberechtigen haben müssen, um die Bilder der Jugendlichen ausstrahlen zu dürfen. Oder sie hätten deren Gesichter unkenntlich machen müssen, in der Fachsprache »Pixeln« genannt. So wollte man die Kinder vor sich selbst schützen und gelegentlich auch vor ihren Eltern. In der Praxis wurde diese Vorschrift aber häufig mehr als großzügig gehandhabt. Nur weil *Info TV* gerade vor zwei Monaten einen Prozess verloren hatte, den eine wütende Mutter angezettelt hatte, weil ihr 15-jähriger Sohn sich in aller Öffentlichkeit als Porno-Konsument geoutet hatte, achtete man zur Zeit verstärkt auf die Wahrung des Persönlichkeitsrechts. Die Bilder waren *Info TV* extrem teuer zu stehen kommen, von der imageschädigenden Wirkung einmal ganz abgesehen.

Mara konzentrierte sich wieder auf ihren Beitrag.

»Hier texte ich, wie unbeliebt der Tote bei den Schülern war, dass sie ihn ›das böse P.‹ genannt haben, und dann kommt der heulende Schüler, dieser Christian mit ›Er war so unfair. Er war einfach mies …‹ Dann die Bilder vom Schulhof und der Turnhalle, Text: ›Wie er sie in die Bogenschützen AG gezwungen hat.‹ Und dann kommt die Lehrerin vor dem *Tomasa*. Gut. So, und raus gehen wir versöhnlich mit der weinenden Witwe: ›Reiner war … er war … er war kein böser Mensch! Ganz früher, da war er ein Guter.‹«

Ein anerkennendes Pfeifen riss Mara und Boris aus ihrer Arbeit. Stefan stand in der Tür mit den Bändern von der Polizei-Pressekonferenz. »Großes Kino! Witwenschütteln vom Feinsten«, meinte der Kollege mit einer Mischung aus Hochachtung und Zynismus.

»Willst du die Polizisten einbauen? Dann kann ich mit dem B-Stück anfangen.«

»Was haben die denn erzählt?«

»Todesursache, Art der Mordwaffe, das Übliche. Wobei: die Mordwaffe ist schon sehr speziell. Da könnte man einen extra Beitrag draus machen.«

Während Stefan erzählte, kam Mara eine Idee: Sie könnte Professor Scharfetter als Experten befragen – und dann den Bogen zu dessen Sohn Christian und den ebay-Verkäufen schlagen …

11:23 Uhr

Laszlo Szögöd rollte die verspannten Schultern. Seine Kollegen sahen ähnlich müde aus wie er. Alle waren um kurz vor sechs aus dem Bett geklingelt worden und liefen seitdem auf Hochtouren. Anja Hartmann, Ümit Atas und Hartmut Kröger hatten sich in Lacis Büro im LKA versammelt. Die Polizisten waren nach der anstrengenden Pressekonferenz an einem toten Punkt angelangt.

Anja zerknüllte einen Pappbecher, der lauwarmen Behördenkaffee enthalten hatte. »Wollen wir nicht runtergehen zu Toni und einen anständigen Kaffee trinken? Da können wir doch genauso gut reden.«

Laci nickte zustimmend.

Bei Toni, der kleinen Pizzeria, die seit fast dreizehn Jahren von einem Libanesen geführt wurde, herrschte um diese Zeit die Ruhe vor dem Sturm. Zu dritt zogen sich die Polizisten in den hintersten Winkel der Garten-Terrasse zurück. Ümit Atas wollte noch schnell seinen Computer checken, bevor er dazustieß.

Hartmut Kröger begann: »Das kleine Mädchen aus dem Haus gegenüber von Plaschkes Villa hat Susanne Plaschkes Schilderung bestätigt. Sie hat offenbar wirklich den ganzen Abend vor der Glotze gehockt. Da lief *The Beach* zum x-ten Mal. Die Eltern von der Kleinen waren total geschockt, dass ihr Kind so einen Film gesehen hat, und überhaupt, dass sie da dauernd fernsieht. War denen gar nicht klar, wie gut der Blick ist.«

»Warum kauft sich jemand bloß so 'ne Riesenglotze?«, sinnierte Anja und fügte dann hinzu: »Das war's dann wohl mit fernsehen – Pech für die Kleine.«

Laci zog die Augenbrauen hoch: »Eher Glück, würde ich sagen.«

Hartmut und Anja warfen sich erstaunte Blicke zu, bevor der Hartmut fortfuhr: »Im Verein herrschte dicke Luft. Riesenknatsch zwischen dem Senator und Plaschke.«

»Wissen wir, die haben sich sozusagen gegenseitig erpresst«, kommentierte Szögöd und erzählte Kröger, was Anja und er im Büro des Senators erfahren hatten.

»Ümit hat im Computer des Toten keine Besonderheiten entdeckt«, fuhr Hartmut fort, »wenn man von dem Besuch von Pornoseiten mit besonders großen Hupen absieht. Russ Meyer für Arme. Und der türkische Vater, der Plaschke angeblich bedroht hat, ist seit drei Wochen zu Hause in Anatolien, weil sein Vater gestorben ist und er da den Nachlass ordnet.«

»Oh-oh, da müssen wir wohl jetzt an die Bogenschützen-Kids ran«, seufzte Anja.

Laci Szögöd schüttelte zweifelnd den Kopf. »Eher an die Eltern. Du hast gehört, was der Gerichtsmediziner gesagt hat: Der Pfeil ist von einem Bogen abgeschossen worden, der ein Zuggewicht von mindestens 60 Pfund hatte. ›Ein starker, erfahrener Schütze‹ waren seine Worte. Also unwahrscheinlich, dass das einer von den Schülern war.«

»Ausschließen sollten wir die nicht, du hast doch gesehen, was da für Brecher vor der Schule standen. Da sind 18-Jährige in der Klasse, die jeden Tag Krafttraining machen«, widersprach Hartmut.

»Ja, ich weiß. Aber die meisten sind Spargeltarzane, Jüngelchen, und die Mädchen können wir zum Schluss unter die Lupe nehmen«, entgegnete Zsögöd.

In diesem Augenblick stürmte ein aufgeregter, atemloser Ümit auf die Terrasse von Tonis Restaurant.

»Die Scheiße ist in den Ventilator geflogen«, keuchte er. Seine Vorliebe für eins-zu-eins eingedeutschte englische Redewendungen brachte die Kollegen normalerweise zum Schmunzeln, doch heute schnauzte ihn der Hauptkommissar ungehalten an: »Welche Scheiße? Welcher Ventilator? Wovon zum Teufel sprichst du?!«

Wortlos reichte der junge Polizist seinem Vorgesetzten einen Mail-Ausdruck.

Ohne einen Blick darauf zu werfen fragte Szögöd mit unangenehm leiser Stimme: »Was ist das?«

»Eine Mail von Plaschke. Von Reiner Plaschke.«

»Bitte? Abgeschickt vom Stahltisch der Gerichtsmedizin

oder was?«

»Nein. Natürlich nicht. Mit so einem Zeit-Programm abgeschickt. Wenn man das nicht deaktiviert, geht die Mail raus.«

»Fein. Und was steht drin?«

»Dass Schulsenator Herrmann Arnsdorf dauernd in den Puff geht. Und dass er mit Wissen des Innensenators einen Vater ruhiggestellt hat, dessen Tochter Plaschke befummelt hat. Und dass Plaschke Angst hat, dass Arnsdorf ihm was tut. Weil der ihn loswerden will. Und dass wir das wissen sollen, falls ihm was passiert. So ungefähr. Na ja, in schöneren Worten …«, endete Ümit lahm.

»Wissen wir. Und?«

»Und es gibt nur ein CC.«

Zsögöd spannte sich: »Wer?«

»Wir.«

»Was wir?!«, brüllte der Hauptkommissar fast.

»Wir sind das CC. Der eigentliche Adressat ist deine Journalistenfreundin Baume.«

Zsögöd sackte zurück.

»Ach, du Scheiße. Ümit, du hast recht. Die Scheiße *ist* in den Ventilator geflogen.«

Die Einzige, die sofort frohlockte, war Anja: »Jetzt können wir ihn noch mal richtig in die Mangel nehmen: Alibi und alles!!«

Die vier Polizisten blickten einander an. Dann flogen vier rechte Hände hoch und die High Fives klatschten über die Terrasse.

11:24 Uhr

Mara nahm das Aufblinken des Briefsymbols auf ihrem Bildschirm nur beiläufig zur Kenntnis, weil sie fieberhaft damit beschäftigt war, eine knackige Anmoderation zu schreiben. Nachdem die im System eingecheckt war, sodass der Mittagsmoderator sie im Tele-Prompter lesen konnte, klickte sie auf ihre E-Mail. Kurz drauf brüllte sie über den Korridor: »Steffi! Stefanie!! Komm sofort!«

Als die Chefin vom Dienst in den Schnittraum stürzte, drückte Mara ihr den Ausdruck von Plaschkes Mail in die Hand.

»Der Hammer«, flüsterte Stefanie, nachdem sie fertig gelesen hatte. Sie klopfte mit der rechten Hand auf ihr linkes Schlüsselbein, wie sie es immer tat, wenn sie intensiv nachdachte. Dann entschied sie: »Wir zeichnen das Interview mit dir sofort auf. Dann kannst du los zu Arnsdorf. Aber: Wieso kannte der dich? Und du hast dich nicht erinnert?«

»Er sah sich nicht so besonders ähnlich, da am Baum«, antwortete Mara. »Jetzt, nachdem ich die Mail gelesen habe, erinnere ich mich schon. Das war einer der beiden Sportlehrer, mit denen ich gedreht habe, als ich die Story mit Higgy-Baby gemacht habe. Nur: Ich hab damals kein Interview mit ihm gemacht, deshalb sagte mir auch der Name nichts.«

In seiner Mail hatte Reiner Plaschke auf eben jenen Dreh, in dem es um die Disziplin an der Friedrich-Bergius-Oberschule gegangen war, Bezug genommen. Er schrieb, dass er sich Mara Baume anvertraue, weil sie die einzige TV-Reporterin sei, die er kenne, und er vertraue darauf, dass sie mit seinen Informationen etwas Vernünftiges anfangen würde, nachdem er den Beitrag damals gesehen habe.

Mara forderte sofort im Archiv ihr altes Rohmaterial an,

die Filmbänder, die sie vor Monaten an der Schule gedreht hatte. Dort, so war sie sicher, würden sich bewegte Bilder von Reiner Plaschke finden lassen. Liegestütze in der Turnhalle, fielen ihr ein. Da hatte er einen der ausländischen Schüler antreten lassen. Wer hätte das geahnt?! Dann eilte sie in die Maske, um sich für die Aufzeichnung fürs Mittagsjournal zurecht machen zu lassen.

Stefan übernahm unterdessen die Fertigstellung des Beitrags.

Im Studio war bereits für das Mittagsjournal eingeleuchtet und der Moderator der Sendung, Thomas Röbel, las sich im Hintergrund die Fragen durch, als Mara zwischen den großen Studiokameras hindurch zu ihm trat. Bei Röbel standen Jens Andersen, der Chefredakteur, und CvD Stefanie Hausmann.

Andersen jubilierte: » Das gibt eine Regierungskrise allererster Sahne! Da ist alles drin: Sex, Erpressung, Mord, Behördenschiebereien – einfach wunderbar! Und wir haben alle Bilder. Als Einzige! Ich seh' uns schon zweistellig!«

Mit »zweistellig« meinte er die Quote, denn *Info TV* als Spartenkanal sendete normalerweise im einstelligen Bereich. Die Durchschnittsquote im vergangenen Monat hatte bei 3,8 Prozent gelegen. Und das war schon ein guter Monat gewesen. Bisher war es nur einmal gelungen, die magische Marke von 10 Prozent Marktanteil zu knacken, und zwar als *Info TV* exklusive und überaus exquisite Bilder von einem Bundesliga-Torwart mit seiner Geliebten, einem Nacktmodell, am Swimmingpool eines Hotels in der Toskana ausstrahlte.

Steffi Hausmann konzentrierte sich mehr auf die aktuellen Erfordernisse und informierte Mara: »Dein Team ist schon los zur Schulbehörde. Mit Glück erwischen die noch das Eintreffen der Polizei. Und vielleicht nehmen die den Arnsdorf ja gleich mit.«

»Der war's nicht«, sagte Mara trocken.

»Woher wollen Sie das wissen?«, hakte Andersen ein.

»Ich weiß es nicht. Aber mein Bauch sagt, der war's nicht. Und mein Bauch lügt nicht.«

»Ihr Bauch!«, ächzte der Chefredakteur. »Mich interessieren nur die Fakten! Und die stehen hier drin.« Damit pochte er auf Plaschkes Mail in seiner Hand, die Mara ihm weitergeleitet hatte.

Steffi verdrehte hinter Andersens Rücken die Augen und grinste. Mara zwinkerte ihr zu und stellte sich dann ins Schweinwerferlicht zu Thomas Röbel. Der 41-Jährige war ein gestandener Journalist, den die Reporterin mochte und respektierte.

11:44 Uhr

Mit quietschenden Reifen, aber ohne Blaulicht auf dem Dach, hielt Laszlo Szögöds ziviler Dienstwagen zum zweiten Mal an diesem Tag vor der Senatsverwaltung für Bildung, Wissenschaft und Forschung. Der Polizist machte ein grimmiges Gesicht, als er Andreas Schwarz mit seiner Kamera und Wolle mit dem Mikrofon sah.

»Hase und Igel«, flüsterte Wolle seinem Kameramann zu.

Szögöd stürmte an den beiden vorbei, gefolgt von Anja Hartmann und Ümit Atas.

Andreas schwenkte mit und drehe dann noch ein Schnittbild von Hartmut Kröger, der am Polizeiwagen geblieben war und, an die Motorhaube gelehnt, auf seine Kollegen wartete.

»Großer Bahnhof«, kommentierte der Kameramann.

»Aber keine Uniformen«, meinte der Ton-Assi.

»Wollen wohl nicht mehr Aufsehen erregen als unbedingt nötig.« Dann nahm er das Band aus der Kamera und reichte es dem wartenden Motorrad-Kurier, der es auf dem schnellsten Weg in den Sender brachte.

11:58 Uhr

Prof. Stefan Scharfetter schnaubte vor Wut, als er am Computer seines Universitätsbüros sein Postfach öffnete. Der Grund für seine Rage war die lapidare Mitteilung seiner Frau, er möge sich per sofort eine neue Bleibe suchen und ihr gelegentlich mitteilen, wohin sie seine Sachen schicken solle. Sie würde die Scheidung einreichen und die Polizei außen vor lassen, solange er sich dieser Entscheidung nicht widersetzte. Ihr Anwalt sei bereits im Bild und würde in den nächsten Tagen Kontakt mit ihm aufnehmen. Im Anhang fand sich der Arzt-Bericht von Dr. Tauber.

Scharfetter war außer sich. Wie konnte die Schlampe ihm das antun? Ausgerechnet jetzt, unmittelbar vor der Vergabe der Forschungsgelder! Was sollten die Leute denken? Aber so leicht, er ballte die Fäuste, würde sie nicht davonkommen. Sie und ihre missratene Brut.

Statt in den Hörsaal rannte der Professor zu seinem vor der Uni geparkten Auto. Die nächste Vorlesung – »Gewalt und Rechtskultur im Frankenreich« – müsse einer seiner Mitarbeiter übernehmen, fauchte er auf dem Weg nach draußen.

12:05 Uhr

Anton Baume hatte die Füße auf den Couchtisch gelegt, in der einen Hand die Fernbedienung, in der anderen ein Wasserglas, und verfolgte mit gespannter Aufmerksamkeit, wie seine Frau dem Moderator die neuesten Entwicklungen im Marterpfahl-Mord schilderte. Soeben flimmerten die Bilder vom Eintreffen der Polizei vor der Senatsverwaltung über den Schirm.

»Wie intensiv ist Bildungssenator Arnsdorf denn nun in den Mordfall verstrickt?«, fragte Thomas Röbel.

»Wir haben in der Redaktion eine E-Mail erhalten, in der das Mordopfer Reiner Plaschke zugibt, den Senator erpresst zu haben. Offenbar sind die beiden Männer gemeinsam in einem Bordell in der Nähe des Stuttgarter Platzes gewesen. Die Echtheit dieser Mail ist inzwischen bestätigt. Was den Fall aber richtig bizarr macht, ist, dass auch der Senator den getöteten Lehrer in der Hand hatte. Denn der hat vor seiner Ermordung zugegeben, dass er sich an einer Schülerin vergriffen hat. Und der Senator hat diesen, tja, Missbrauch muss man wohl sagen, vertuscht. Er hat dem Ermordeten aber offenbar gedroht, doch damit an die Öffentlichkeit zu gehen.«

»Eigentlich eine Patt-Situation«, nahm der Moderator ab, »in der der CDU-Senator allerdings schlechter dastand als das Mordopfer. Mara, wie gut kannten sich die beiden Männer und für wie wahrscheinlich hältst du es, dass Arnsdorf als Täter infrage kommt?«

»Da müssen wir die polizeilichen Untersuchungen abwarten. Zur Zeit, wir haben es eben gesehen, ist Hauptkommissar Laszlo Zsögöd mit seinen Leuten beim Senator. Ich müsste spekulieren. Fakt ist aber, dass die beiden Männer im selben Bogenschützen-Verein waren. Und dass Plaschke mit einem Pfeil getötet worden ist. Natürlich hat der Verein auch noch eine Menge anderer Mitglieder, und außerdem gab es an der Schule des getöteten Lehrers eine Bogenschützen AG.«

Thomas Röbel übernahm wieder: »Danke, Mara, um diese Bogenschützen geht es auch in unserem nächsten Beitrag …«

Anton stellte sein Wasserglas, das er gespannt umklammert hatte, auf den Tisch.

Unfassbar, dachte er, ein Senator als Mörder? Egal, was dabei rauskam, da hatte Mara einen Volltreffer gelandet. Seine Mara!

12:16 Uhr

Der Schlüssel kratzte über das Schloss, aber er ging nicht rein, so sehr der Professor sich auch bemühte. Wütend trat er gegen die elegante Eingangstür, dass die Buntglasscheiben in den Bleiverglasungen wackelten.

Gegenüber öffnete sich eine Tür und eine neugierige Nachbarin schaute indigniert auf Scharfetter. »Haben Sie noch keinen neuen Schlüssel?«, fragte sie mit gespielter Überraschung. »Ihre Frau hatte doch vorhin den Schlüsseldienst da …«

Der Blick, den der Mittelalter-Experte ihr zuwarf, war so mörderisch, dass sie sich schleunigst in ihre eigene Wohnung zurückzog. Was sie nicht daran hinderte, das Geschehen hinter ihrer Wohnungstür weiter mitzuverfolgen. Wozu hatte man schließlich einen Weitwinkel-Türspion mit Großformat-Optik?

»Mach auf!! Mach sofort auf, oder ich trete die Tür ein!«,

tobte Scharfetter vor seiner Wohnung. Hinter dem Glas konnte er deutlich die Umrisse seiner Frau erkennen.

Ute Scharfetter antwortete mit zitternder, aber entschlossener Stimme: »Beim nächsten Tritt rufe ich die Polizei. Lass uns in Ruhe, Stefan. Verschwinde aus unserem Leben.«

Hinter ihr, am Ende des großen Flures, im Durchgang zum Berliner Zimmer, stand Grazyna und versuchte fieberhaft, Catalina Torres, das chilenische Au-pair-Mädchen, zu erreichen.

Morgens, während die Jungen in der Schule waren, besuchte Catalina eine Sprachenschule am Kurfürstendamm. Auf dem Rückweg holte sie Philipp vom Gymnasium ab. Dem 13-Jährigen wäre das normalerweise extrem peinlich gewesen, wenn Catalina nicht ausgesehen hätte wie die jüngere Schwester von Angelina Jolie. So hatte er sich mit dem Behütetwerden arrangiert – und außerdem war Catalina das letzte Au-pair, das die Scharfetters eingestellt hatten. Ab den Sommerferien, wenn Catalina zurück nach Chile fliegen würde, wäre er ohnehin auf sich allein gestellt.

Endlich nahm am anderen Ende jemand ab.

»Sí?«

»Catalina?«

»Sí. Ja.«

»Hör genau zu, bitte: Wir haben hier eine Krise. Du darfst mit Philipp nicht nach Hause kommen!«

»Ich verstehe nicht …?«

»Geht irgendwo hin, Eisessen, Kino, Shoppen – was weiß ich. Aber kommt auf keinen Fall nach Hause. Frau Scharfetter hat die Schlösser auswechseln lassen. Der Professor tobt, weil er nicht mehr rein kann.«

»Oh, gut!«, freute sich Catalina, der ihr Brötchengeber

vom ersten Augenblick an unsympathisch gewesen war. »Rufst du an, wenn die Luft sauber ist?«

»Wenn die Luft rein ist, rufe ich an. Solange bleibt weg!!«

»Sí. Comprende! Gerne.«

Anschließend rief die Haushälterin Christian an.

»Ich bin gleich da«, antwortete der Junge freundlich, weil er die Nummer im Display sofort erkannt hatte.

»Wo bist du?«

»Direkt vorm Haus.«

»Geh hinten rum. Dein Vater steht hier oben vor der Tür.«

Mehr brauchte die Polin nicht zu sagen. Christian erfasste blitzartig die Situation und schlich durch die prunkvolle, verspiegelte Eingangshalle in den Garten, dort zur Seitentür hinein und dann die enge Wendeltreppe hinauf zum Dienstboteneingang am Küchenbalkon.

12:17 Uhr

Diesmal gab es keinen Kaffee, geschweige denn Kekse für die Polizisten.

Rotgesichtig und schwitzend saß der Senator vor ihnen in seinem schwarzledernen Luxus-Schreibtischstuhl. Die Krawatte hing auf halb acht, der Mann atmete hörbar. »Es ist sowieso schon egal. Ich bin ruiniert. Meine Karriere ist zu Ende. Ja, ich habe ein Alibi.«

»Besser, die Karriere ist zu Ende, als die Gefängnislaufbahn beginnt. Wir hören.«

»Ich war im *Blue Bananas*. Und ich habe eine Zeugin. Mehrere. Für die ganze Nacht.«

»Weilt die werte Gattin wieder in der Kur?«, fragte Hauptkommissar Zsögöd spöttisch.

»Hören Sie: Ich gebe Ihnen die Namen und Sie lassen mich in Frieden zurücktreten. Es muss doch nicht gleich die ganze Stadt erfahren«, bettelte der Mann hinter dem großen Schreibtisch.

»Ich fürchte, dafür ist es zu spät. Ihr Ex-Vereinskamerad hat post mortem noch die Presse informiert. Schauen Sie mal aus dem Fenster«, antwortete Zsögöd, der lässig ans Fensterbrett gelehnt da stand und hinunterblickte.

Der Senator erhob sich schwerfällig und tat es ihm gleich. Der Anblick, der sich ihm bot, ließ ihn erbleichen. Die Fahrer zweier Übertragungswagen lieferten sich soeben ein Gefecht um den besten Standplatz, Fotografen und Kameraleute zogen auf wie eine kleine Belagerungstruppe. Die Neuigkeiten aus dem Mittagsjournal hatten in Windeseile die Runde gemacht und alle Redaktionen der Hauptstadt ihre Leute losgejagt, um nur ja nichts zu verpassen. Der große dicke Mann ließ sich zurück in seinen Ledersessel sinken, vergrub das Gesicht in den Händen und weinte.

13:32 Uhr

Ganz spontan hatte Mara sich mit Anton zum Mittagessen verabredet. Nach kurzem Überlegen wählten sie das *Eitz* am Südwestkorso als Treffpunkt.

Anton liebte das Schnitzel dort und Mara hoffte, keinem Bekannten in die Arme zu laufen, um mal für eine halbe Stunde wirklich Pause zu haben. Die meisten ihrer Freunde frequentierten eher Restaurants östlich des Südwestkorsos. Der Friedenauer an sich war ohnehin ein Gewohnheitstier. Man hatte »seine« Kneipen, Restaurants, Weinläden und

Supermärkte und machte wenig Experimente innerhalb seines Kiezes. Obwohl der schattige Garten des *Eitz* schon ab und zu den einen oder anderen Nicht-Stammgast anlockte.

»Ich nehme an, du musst am Marterpfahl-Mord dranbleiben und kannst nicht nachher Gregor vom Kindergarten abholen?«, sagte Anton zwischen zwei Bissen Schnitzel.

Mara stocherte in ihrem Himmel-und-Erde: »Ich bin schon froh, wenn ich ihn heute Abend ins Bett bringen kann. Ich treff' mich gleich mit dem Team an der Uni. Wir wollen uns diesen Scharfetter mal ansehen. Mittelalter-Experte. Bogenschütze. Und – jetzt kommt's: Vater von einem Plaschke-Schüler!«

»Ach nee! Ich hatte keine Ahnung, wie viele Bogenschützen es in Berlin gibt.«

»Und wie tödlich deren Pfeile sein können.«

»Da denkt man normalerweise ja auch nicht drüber nach.«

»Aber wenn man mal im Internet stöbert, entdeckt man eine ganz neue Welt. Mona hat da ein paar richtig spannenden Seiten gegoogelt.«

13:49 Uhr

Wütend wie eine eingeschlossene Raubkatze tigerte Prof. Scharfetter in seinem Büro auf und ab. Vor den Augen der neugierigen Nachbarin hatte er unmöglich die Tür eintreten können. Auch der Versuch, seinen jüngeren Sohn Philipp auf dem Heimweg von der Schule nach Hause abzufangen war gescheitert. Wo Christian steckte, wusste er gleich gar nicht. Und das Au-pair-Mädchen hatte sein Handy ausgeschaltet. Eine Verschwörung! Als hätten sie es darauf angelegt, ihn fertigzumachen. Verdammte Mischpoke! Ihn aus der eigenen

Wohnung auszusperren!

Scharfetter zweifelte nicht daran, dass seine Frau diesmal Ernst machte. Er musste sich entscheiden: großer Skandal oder leise Trennung. Gütlich würde da nichts werden, so viel stand fest. Und leise – wenn überhaupt – nur, damit die Forschungsgelder nicht in Gefahr gerieten.

Einen echten Gesichtsverlust würde er nicht erleiden, beruhigte er sich langsam. Immerhin scheiterte jede zweite Ehe. Nur: So? Nein! Wenn schon, dann wollte er als Platzhirsch abtreten. Vielleicht sollte er die Nacht mit der kleinen schwäbischen Studentin aus dem 2. Semester verbringen, die ihn immer so anhimmelte? Er könnte sie auf sein Boot mitnehmen. Dort würde er ohnehin die Nacht verbringen müssen, weil er in die Wohnung ja nicht mehr hineinkam.

Scharfetters *Bavaria 31* lag draußen am Wannsee in seinem Segelclub. Seine Frau konnte der knapp zehn Meter langen, eleganten Segelyacht wenig abgewinnen, sie spottete immer, Segeln sei die teuerste und unkomfortabelste Art zu campen. Ihm jedoch erschien das Boot in der derzeitigen Situation als sehr angenehmes neues Zuhause – warum nicht dort bleiben bis zum Ende des Sommers? Der Professor grinste dreckig: Er war schon eine echt coole Sau.

In diesem Augenblick klingelte das Telefon.

»Herr Professor, eine Mara Baume ist dran, Reporterin bei *Info TV*. Sind Sie da?«, fragte seine Sekretärin.

»Was will die denn?«

»Sie möchte einen Mittelalter-Experten befragen zur Tatwaffe bei dem Marterpfahl-Mord.«

»Experten-Interview? 400 Euro. Und sie muss hierher kommen.«

»Ist Ihnen 14:30 Uhr recht?«

»Hmhm«, knurrte Scharfetter bejahend. »Und bringen Sie mir ein frisches Hemd.«

14:01 Uhr
Am anderen Ende ballte Mara siegessicher die Faust: »Gotcha!«

Andreas und Wolle, die inzwischen zu ihrem Mittagessen mit Anton dazugestoßen waren, fragten wie aus einem Mund: »Wann? Wo?«

»Im Institut. In einer halben Stunde. Lasst uns gleich losfahren. Anton, bist du so lieb und kümmerst dich um die Rechnung?«

Maras Mann verdrehte halb im Scherz die Augen und seufzte theatralisch: »Mit mir kann man's ja machen …«

Mara schlug kokett die Augen nieder und leckte sich übertrieben verführerisch die Lippen, bevor sie hauchte: »Jederzeit, Schatz, jederzeit.«

Wolle grunzte. »Oh, mir wird übel!«

Andreas sagte nichts, sondern schüttelte nur den Kopf, nahm seine Kamera und stand auf.

Mara schnappte sich die Computer-Ausdrucke, die Mona ihr von Scharfetters florierendem Waffenhandel im Internet gemacht hatte, und erhob sich gleichfalls.

Anton signalisierte der Kellnerin, dass er zahlen wollte.

14:08 Uhr
Die Schülerin, der Plaschke sich unsittlich genähert hatte, hieß Elaya Alkan und wohnte mit ihren Eltern, zwei älteren Schwestern und einem kleinen Bruder in einer Vierzimmer-

wohnung in einem der wenigen schmucklosen Sechziger-Jahre-Bauten Friedenaus in der Schmiljanstraße. Während der weit überwiegende Teil der Friedenauer Häuser stolze Gründerzeit-Altbauten waren, die hinter hohen, alten Eichen, Kastanien und Buchen Schatten fanden, lag Elayas Haus schutzlos in der prallen Sonne etwas zurückgesetzt hinter einem Parkplatz. Im Erdgeschoss befanden sich ein koreanisches Restaurant und ein Spielsalon, darüber wohnte ein buntes Sammelsurium von eher einkommensschwachen Mietern. Am Klingelbrett standen Namen aus drei Kontinenten. Zsögöd war immer aufs Neue erstaunt über die armen Multikulti-Inseln im behäbig-bürgerlichen Friedenau, in dem ansonsten vorwiegend deutsche Mittelklasse-Familien lebten.

Die Alkans präsentierten eine geschlossene Front.

Elaya saß in der Mitte des Sofas, rechts flankiert von ihren beiden Schwestern, links von ihrer Mutter, die den Nachzügler auf dem Schoß hielt und ihn mit mehr oder weniger Erfolg vom Quengeln abzuhalten versuchte. In Vertretung des Vaters, der sich in Anatolien noch immer um den Nachlass seines Vaters kümmerte, saß in einem Sessel Elayas Onkel, Laszlo Zsögöd im zweiten Sessel ihm gegenüber, und Anja Hartmann hatte ihren kleinen Hintern auf ein Sitzkissen dazwischen geklemmt, was zur Folge hatte, dass sie wie bei einem Tennisspiel ständig von einer Seite auf die andere schauen musste und dabei auch noch nach schräg oben.

»Dieser Lehrer Schwein!«, hatte Elayas Onkel gerade aufgebracht hervorgestoßen, »aber meine Bruder hat nicht totgemacht!!«

»Mein Mann würde so etwas nie tun«, sagte seine Frau leise. Die zierliche Enddreißigerin mit dem Kopftuch sprach im Gegensatz zu ihrem Schwager ein perfektes Deutsch, ebenso wie die Kinder.

»Er kann keiner Fliege etwas zuleide tun. Und außerdem ist er seit drei Wochen zu Hause in der Türkei. Und bevor Sie fragen: Mein Schwager hat auch ein Alibi: Er hat die ganze Nacht auf dem Fruchthof gearbeitet. Fragen Sie seinen Chef und seine Kollegen. Und die Fahrer von den Gemüsetransportern. Und die Kunden.«

Hauptkommissar Zsögöd lächelte sie begütigend an. »Das werden wir tun. Wir glauben Ihnen ja. Aber wir müssen jeder Spur folgen. Das werden Sie doch verstehen?«

Frau Alkan nickte, ebenso ihr Schwager, der sich aber nicht verkneifen konnte, zu sagen: »Aber hat verdient! Hat bekommen, was verdient!«

Elaya, die bisher ihre Augen verschämt zu Boden gerichtet hatte, nachdem sie den Polizisten berichten musste, wie Studienrat Plaschke ihr bei der Bogenschützen AG jedes Mal an die Brust fasste, wenn er ihre Bogenhaltung korrigierte, schaute nun auf. »Sprechen Sie mit Christians Eltern. Ihn hat er am meisten gequält.«

Zsögöd blickte sie überrascht an: »Ich dachte, er hatte vor allem Probleme mit Schülern mit Migrationshintergrund?« Dabei schoss ihm durch den Kopf »Warum muss ich so gestelzt daher reden und kann nicht einfach ›Ausländer‹ sagen?«

Als hätte Elaya seine Gedanken gelesen, lächelte sie schüchtern: »Bei uns Ausländern musste er zumindest so tun, als würde er politisch korrekt handeln. Christian hat er einfach nur niedergemacht. Und dabei ist sein Papa doch Professor.«

»Was genau hat er denn mit Christian gemacht?«, wollte nun Anja wissen.

Elaya holte tief Luft. Es war ihr sichtlich unangenehm, dass sie alle anschauten. Oder war da mehr? Schon bei der ersten oberflächlichen Befragung der Klasse hatte die Polizistin das Gefühl gehabt, dass ein Großteil der Schülerinnen für ihren etwas exotischen Mitschüler zumindest schwärmen würde.

Vielleicht, weil er so anders ist als sie, überlegte Anja Hartmann.

Offenbar einer der Hellsten der Klasse. Der einzige Junge mit Rastalocken. Der Einzige überhaupt aus einer wohlhabenden Familie. Einer, der sich gegen Ungerechtigkeiten wehren würde? Oder dessen Vater?

Anja riss sich aus Ihren Gedanken und hörte wieder Elaya zu: »... und dann hat Plaschke den Christian immer Christina genannt, wegen seiner langen Haare. Und einen Looser, weil er doch vom Gymnasium zu uns runtergestuft worden ist. Er hat ihn vorgeführt, wo er nur konnte. Sogar beim Schießen, obwohl Chris eigentlich besser war als Plaschke selbst.«

»Er ist ein guter Schütze?«, hakte Zsögöd nach.

»Der Beste!«, kam es eifrig von Elaya, woraufhin ihr Onkel ihr einen merkwürdigen Blick zuwarf. Das Mädchen schlug die Augen wieder nieder und murmelte: »Jedenfalls wenn er wollte. Er kann Bogenschießen eigentlich nicht ausstehen. Aber sein Vater hat ihn auch dazu gezwungen.«

»Auch?«

»Na, wie Plaschke. Und wenn Chris mal daneben geschossen hat, musste er zur Strafe zwanzig Liegestütze machen. Die anderen nur zehn.«

»Liegestütze?«

»Das war so eine seiner Strafen. Auch im Klassenraum. Die türkischen Jungs können das ganz gut. Die haben manchmal sogar richtige Wettkämpfe gemacht. Wer am meisten schafft. Aber Chris war da nicht so gut. Und einmal, als er sich nicht ganz hochgestemmt hat, da hat Plaschke ihm seinen Fuß auf den Rücken gesetzt und ihn wieder runtergedrückt und dann musste er gegen seinen Fuß noch mal hoch, und dann ist er voll aufs Gesicht gefallen, und alle haben gelacht. Aber ich glaube, Plaschke hat voll getreten von oben ...«

14:09 Uhr

Christian fuhr sich mit der Hand über das kurzgeschnittene Haar. Er strich nach hinten und strubbelte nach vorn und freute sich. Seine Mutter hatte ausgesprochen erstaunt reagiert, aber in dem ganzen Trubel um seinen Vater war diese geradezu persönlichkeitsverändernde Novität auf seinem Kopf in den Hintergrund getreten.

Nachdem er eine Stunde geschlafen, danach geduscht und ein Wurstbrot gegessen hatte, fühlte Christian sich besser als jemals in den vergangenen sechs Monaten. Er fühlte sich endlich frei. Stark. Wie neu geboren. Und das ganz ohne Drogen.

Als Ute Scharfetter das Zimmer ihres Sohns betrat, lächelte er sie an. »Wie geht's dir?«

»Danke, Großer, besser. Aber wie geht es dir eigentlich?« Sie ließ sich auf seinem Bett nieder, und Chris drehte seinen Schreibtischstuhl so, dass er sie anschauen konnte.

»Endlich wieder gut, Mama. Länger hätte ich das nicht mehr ausgehalten.«

Seine Mutter stand auf und drückte Chris an sich. Mit leiser Stimme sagte sie: »Warum hast du nichts gesagt? Über all diese Quälereien? Ich mach mir solche Vorwürfe! Du hast gelitten – und ich hab es nicht gemerkt …« Ihre Stimme erstarb in einem Schluchzen.

Christian machte sich los und sah seiner Mutter ins Gesicht. »Du hattest genug Probleme, oder?«

Ute Scharfetter wischte sich mit der Hand über die Augen, lächelte traurig und nickte. »Trotzdem. Dass ich es aus dem Fernsehen erfahre, wie mein eigenes Kind gelitten hat … es tut mir so leid!!«

»Es ist vorbei, Mama.«

Mutter und Sohn schwiegen einen Augenblick. Dann streichelte sie Christian über die Wange: »Du hast recht. Aber sag mal: Wo warst du eigentlich letzte Nacht?«

Die Frage traf Christian völlig unvorbereitet. Er spielte auf Zeit.

»Letzte Nacht?«

»Ja, letzte Nacht. Als dein Lehrer ermordet wurde.« Ute Scharfetter war jetzt ganz ernst.

Christian schaute zu Boden. Als er den Kopf hob, blickte er ihr fest in die Augen: »Ich war mit Marcel und Sven unterwegs.«

Die Unternehmensberaterin reichte ihrem Sohn beide Hände. Er ergriff sie und hielt sie ganz fest. »Habt ihr geraucht?«

Christian nickte.

»Die ganze Nacht?«

Christian zögerte unmerklich, bevor er wieder nickte.

»Und das würden die beiden auch der Polizei sagen?«

»Die mögen die Bullen nicht so, weißt du.«

»Sag nicht *Bullen*«, korrigierte Ute Scharfetter ihren Sohn automatisch. »Hast du ein Alibi?«

Christian schluckte. »Ich war nicht die ganze Nacht mit ihnen zusammen. Vorher hab ich Stoff gekauft. In der Hasenheide. Der Dealer sagt garantiert nicht freiwillig vor den Bu … der Polizei aus. Und ich war bei einem Mädchen. Wenn deren Mutter das erfährt, macht sie ihr die Hölle heiß.«

Ute Scharfetter lächelte. »Klingt gut. Nicht das mit dem Stoff. Das muss aufhören. Aber das mit dem Mädchen. Bringst du sie mal mit?«

Christian nickte erleichtert. Seine Mutter stand auf, strich ihm kopfschüttelnd über die kurzen Haare.

»Ich muss nachher zu dieser Vernissage. Ist das für dich okay?«

»Musst du wirklich? Nach allem, was heute passiert ist?«

»Gerade deswegen. Außerdem bin ich mit einem Klienten dort verabredet. Der sieht sich als zukünftiger Kunstmäzen, und ich muss mich einfach da blicken lassen.«

Chris biss sich von innen auf die Unterlippe, dann nickte er.

»Grazyna bleibt heute Nacht hier. Und Catalina ist ja auch da«, sagte Ute Scharfetter, bevor sie das Zimmer verließ.

Der Junge atmete tief aus und schüttelte sich. Er musste Sven und Marcel erreichen. Einmal würde er sie noch brauchen. Nur noch dieses eine Mal, schwor sich der 16-Jährige.

14:30 Uhr

Ein Gockel, das war Maras erster Eindruck von Professor Scharfetter. Ein selbstgefälliger, arroganter Gockel. Na, dann werden wir uns das mal zunutze machen. Mit diesem Gedanken strahlte sie ihn an: »Vielen Dank, dass Sie sich die Zeit für uns nehmen, Herr Professor. Wenn es Ihnen nichts ausmacht, würde ich Sie gern draußen interviewen, wir haben so herrliches Wetter und das sieht immer am schönsten aus. Auch wenn Sie ein tolles Büro hier haben«, setzte sie nach.

In Wirklichkeit wollte sie Scharfetter vor allem außerhalb seiner eigenen Bürowände haben, um ihm etwas von seinem Heimvorteil zu nehmen. Mara Baume hatte die Erfahrung gemacht, dass ihre Interviewpartner unangenehme Fragen leichter außerhalb ihres eigenen Reviers beantworteten.

Zu ihrer Freude fiel der Mittelalter-Experte prompt geschmeichelt in die Honigfalle. »Aber selbstverständlich, wenn das besser aussieht. Da sind Sie ja die Expertin. Ich verstehe nur was vom Mittelalter«, säuselte Scharfetter von oben herab.

Mara, der beim Betreten des Büros einige Bögen aufgefallen waren, nutzte die Gunst der Minute: »Wären Sie so freundlich, einen Bogen mit rauszunehmen? So einen Langbogen? Dann könnten Sie den meinem Kameramann draußen zeigen und erklären, wie er funktioniert.«

»Einen Langbogen. Ja. Einen alamanischen? Oder lieber einen englischen?«

»Äh … englisch? Was ist denn gebräuchlicher?«

»Gebräuchlich?«, mokierte sich der Professor. »Gebräuchlich ist keiner von beiden heutzutage. Nicht mal für Mord, soweit ich weiß. Wir leben ja nicht mehr im Mittelalter«, dozierte Scharfetter. »Verbreiteter sind die englischen Langbögen, jedenfalls sind davon mehr erhalten, und es werden auch mehr derartige Nachbauten gehandelt.«

»Dann nehmen wir einen englischen!«, atmete Mara auf. Der Mann war schlagfertiger als sie erwartet hatte. Es würde nicht einfach werden, ihn zu überrumpeln. Nur seine Eitelkeit konnte ihr helfen.

Andreas suchte sich einen geeigneten Standort im Grünen vor dem als *Silberlaube* bekannten Hauptgebäude der Universität, während Wolle den Professor mit einem drahtlosen Mikrofon verkabelte.

Mara hatte bereits begonnen, ihren Interviewpartner »warm zu quatschen«, wie sie es nannte. Dazu stellte sie anfangs, wenn die Zeit es zuließ, eine Reihe von Fragen, deren Beantwortung für ihren Beitrag völlig irrelevant waren, dem Interviewpartner jedoch ein gutes Gefühl gaben, vor allem das, Herr der Lage zu sein. Je sicherer ein Interviewter sich fühlte, desto leichter war es, ihm eine ehrliche oder sogar intime Antwort zu entlocken, vielleicht auch ein Geständnis oder eine Zusage, je nachdem, um was es der Reporterin gerade ging. Diese Warmquatschtaktik hatte sich über die Jahre bewährt und funktionierte normalerweise am besten, wenn sie allein mit ihren »Opfern« sprach, also als VJ selber drehte. Doch auch mit Team gelang es ihr meistens, ihre Gesprächspartner auf sich zu fokussieren, sodass sie die Kamera manchmal völlig vergaßen.

»Seit wann gibt es denn überhaupt Pfeil und Bogen?«

»Die ältesten Funde, Pfeilspitzen aus Feuerstein, sind fünfzigtausend Jahre alt. Man hat sie in Bir-El-Ater in Tunesien gefunden. Die ältesten erhaltenen Bogenfragmente wurden bei Hamburg entdeckt. Sie stammen aus dem Mesolithikum und sind somit um die zehntausend Jahre alt.«

»Wow! Sehr beeindruckend.«

»Der früheste Einsatz als Kriegswaffe ist 354 nach Christus dokumentiert. Alamannen gegen Römer. Knapp hundert Jahre später, als König Vortigern das heutige Wales überfiel, kam der Bogen nach Großbritannien. Aber so richtig verbreitet wurde die Waffe erst im Mittelalter. Langbogenschützen waren die Elitesoldaten zu Ritterzeiten. Die besten haben mit bis zu zwölf Pfeilen pro Minute ein Ziel in zweihundert Meter Entfernung getroffen. Und ihre Pfeile hatten eine derartige Durchschlagskraft, dass sie sogar Schlosstore durchbohren konnten. Von der Schlacht um Abergavenny Castle 1182 gibt es einen Augenzeugenbericht, dass ein zehn Zentimeter dickes Eichentor derart durchbohrt wurde, dass die Pfeilspitzen auf der anderen Seite herausragten.«

Scharfetter hatte sich warm geredet, daran bestand kein Zweifel. Andreas gab Mara mit einem kurzen Kopfnicken zu erkennen, dass die Kamera lief, Wolle war mit dem Hintergrund verschmolzen.

»Die Gerichtsmediziner haben als Tatwaffe die Replik eines Pfeils mit einer handgeschmiedeten so genannten Bodkin-Spitze bestimmt. Wie verbreitet sind derartige Pfeile?«

»Da gibt es nicht so viele. Vor allem handgeschmiedete. Das ist eine ganz besondere Kriegspfeilspitze. Sie durchschlägt mühelos Kettenhemden. Es gibt zwar mittlerweile im Internet Selbstbau-Anleitungen für Bodkin-Spitzen, aber nur sehr wenige Handwerker, die diese Teile selber schmieden.«

»Abgeschossen wurde der Pfeil vermutlich von einem Langbogen mit einem Zuggewicht von mindestens 60 Pfund. Ein laut Polizei deutlich höheres Zuggewicht als im Turniersport üblich. Wie verbreitet sind solche Bögen bei uns?«

»Nur etwas für Spezialisten. Oder für Liebhaber. Bei den meisten Anbietern muss man warten, um überhaupt einen Bogen mit so einem hohen Zuggewicht zu bekommen. Sie werden nur auf Bestellung gefertigt.«

»Professor Scharfetter, Sie handeln im Internet mit Pfeilen und Bögen. Bei ebay haben Sie sowohl Pfeile mit Bodkin-Spitze als auch den Nachbau eines hochmittelalterlichen

Langbogens versteigert. Die Auktion endete gestern. Wo sind diese Waffen zur Zeit?«

Scharfetter blickte Mara Baume sprachlos an. »Die Waffen?«, wiederholte er.

»Ja«, sagte Mara freundlich. »Wo sind Ihre Waffen?«

»Äh … verschickt. An den Käufer verschickt.«

»Haben Sie noch mehr davon?«

»Nein. Nein. Ich sagte Ihnen doch: Es sind seltene Exemplare. Ich hatte nur diese …«

»Wann haben Sie diese Waffen denn verschickt?«

»Heute vormi… was geht Sie das eigentlich an? Wollen Sie mir etwa unterstellen …? Also, das ist doch eine Unverschämtheit! Das muss ich mir nicht … das … das …!« Aufgebracht gestikulierte der Mittelalter-Experte mit seinem Langbogen.

Mara hakte seelenruhig nach: »Ihr Sohn Christian besuchte die Klasse des ermordeten Studienrats. Plaschke hat ihren Sohn nach Aussage seiner Mitschüler aufs Übelste gemobbt. Wann haben Sie ihn deswegen zur Rede gestellt?«

»Ich … ich …was reden Sie denn da? Sind Sie von allen guten Geistern verlassen? Wollen Sie mir einen Mord anhängen?«

»Sind Sie denn ein Mörder, Professor Scharfetter?«

»Ich?! Das ist bodenlos!! Das werden Sie bereuen! Und jetzt verschwinden Sie! Stellen Sie dieses verdammte Ding aus!«

Scharfetter stürzte sich wie eine Furie auf Andreas, doch der Kameramann, der das erwartet hatte, wich geschickt aus und ließ seine Kamera mitlaufen, als ein zähnefletschender Professor schließlich über den Rasen davonstürmte.

Mara und er klatschten ab.

»Yess!«

»Yes, Sirr!«

Nur Wolle guckte etwas indigniert.

»Und mein Funkmikro? Das krieg' ich doch nie wieder.«

»Lass man, ich glaub, das wird der Sender dir ersetzen«, meinte Mara versöhnlich. »Und jetzt: ab in die Redaktion!«

15:48 Uhr

Chris fand Sven und Marcel wie erwartet in der Grünanlage hinter der Kirche *Zum Guten Hirten*. Die beiden saßen auf der Rückenlehne einer Bank, die Füße auf der Sitzfläche, jeder einen Döner in der Hand und eine Bierflasche neben sich.

»Eh, Alter, was geht?«, begrüßte ihn Sven.

»Unter'n Rasenmäher gefallen, oder was?«, meinte Marcel mit Blick auf Chris' geschorenen Kopf.

Der zuckte die Schultern und klemmte seinen Hintern neben Marcel auf die Lehne der Bank. Dieser rückte ein Stück in Richtung Sven und machte ihm Platz. Beide Jungs wirkten ausnahmsweise weder bekifft noch alkoholvernebelt. Chris war sich nicht sicher, ob er das eher gut oder schlecht finden sollte. Er musste vorsichtig vorgehen.

»Bullen stellen blöde Fragen«, knurrte er.

»Und?« Sven musterte ihn.

Chris blickte auf: »Letzte Nacht? Hasenheide? Klingelt was?«

»Nicht mein Problem, Alter«, grinste Sven dreckig. »Du hast den Stoff geholt.«

»Mann, wenn die euch fragen, wann ich bei dir war – ich weiß nicht mehr, wann!«

»Vier? Halb fünf? Fünf? Weiß ich auch nicht. Du, Marcel?«

»Kein Plan.« Marcel wischte sich Dönerfett vom Kinn. »Is 'n das wichtig?«

Chris zuckte wieder die Schultern. »Kann ja schlecht sagen, dass ich shoppen war …«

Sven und Marcel lachten fies. »Beim freundlichen Dealer nebenan!« Marcel lachte noch mehr.

Sven schüttete sich Bier in die Kehle. »Stress' nich rum. Musst ja kein' Namen sagen.«

»Was sag ich denn?«

»Hey Alter: Eigenbedarf! Mach dir doch kein Kopp! Übrigens Kopp: sieht kacke aus!«

Chris strich sich verlegen über die kurzen Haare und log: »Hatte Besuch da oben. Musste ab.«

Wie von der Tarantel gestochen sprang Marcel auf und brachte einen Sicherheitsabstand zwischen sich und den ein Jahr Jüngeren.

»Läuse?! Igitt!«

Auch Sven rückte von Chris ab.

»Bleib bloß weg!«

»Hey, keine Panik! Da sind keine mehr«, beschwichtigte Chris die aufgebrachten Kumpels. »Aber … wenn ihr wollt, hau ich ab …«

Mit gespielt beleidigter Miene stapfte Christian davon. Innerlich frohlockte er – das war besser gelaufen, als er erwartet hatte. Nicht nur, dass die beiden Kiffer keine Ahnung hatten, wann er am Morgen genau bei ihnen angekommen war. Auch, dass sie die Läuse-Story geschluckt hatten, freute ihn. Bei ihrer Schwatzhaftigkeit würde er dem Rest der Klasse bestimmt keine blöden Fragen beantworten müssen. Und mit vorsichtiger Distanz konnte er umgehen.

17:57 Uhr

In der Wohnung stank es nach kaltem Rauch, Bier und offener Thunfischdose. In Letzterer stocherte Svens Vater mit einer verbogenen Gabel herum, als Sven nach Hause kam. Wie üblich um diese Uhrzeit hatte sein Vater den friedlichen Alkoholpegel schon hinter sich gelassen. Seine Augen waren glasig, der Blick starr, die Lider gerötet.

Svens Mutter hatte versucht, einen Salat zum Abendbrot zu machen.

Mit den Worten »Grünzeug kannste selber fressen« hatte ihr Mann sich die Thunfischdose geschnappt und die Salatschüssel, in die sie den Fisch hatte kippen wollen, beiseite geschoben.

»Hinsetzen!«, donnerte er jetzt seinen Sohn an.

Der wusste aus Erfahrung, dass er seinem Vater in dieser Phase besser nicht widersprach. Ein, maximal zwei Stunden und der Alte hätte sich in den Schlaf gesoffen. Bis dahin war »Maul halten« die beste Option.

Während Sven sich ein Leberwurstbrot schmierte, starrte er auf den Fernseher in der Ecke. Anstelle der gewohnten, trashigen Nachmittagstalkshow flimmerte *Info TV* über den Bildschirm. Der Marterpfahl-Mord war der Aufmacher in den langen 18-Uhr-Nachrichten.

Als Sven Professor Scharfetter mit dem Langbogen in der Hand herumfuchteln sah, stutzte er.

Soeben lief Maras Interview-Sequenz:

»Wo sind Ihre Waffen?«

»Äh … verschickt. An den Käufer verschickt.«

»Wann haben Sie diese Waffen denn verschickt?«

»Heute vormi … was geht Sie das eigentlich an?«

»Ihr Sohn Christian besuchte die Klasse des ermordeten Studienrats. Plaschke hat ihren Sohn nach Aussage seiner Mitschüler aufs Übelste gemobbt. Wann haben Sie ihn deswegen zur Rede gestellt?«

»Ich … ich …was reden Sie denn da? Sind Sie von allen guten Geistern verlassen? Wollen Sie mir einen Mord anhängen?«

Sven schluckte und nuschelte mit halbvollem Mund »Muss noch mal weg …«

Das Paket war ihm eingefallen, das verdammte Riesenpaket, das der Prof am Mittag zur Post gebracht hatte. So lang wie dieser Bogen, den er da im Fernsehen in der Hand gehalten hatte.

Der Typ hatte Kohle. Müsste doch mit dem Teufel zugehen, wenn da für den lieben Sven nicht was zu holen war.

18:14 Uhr

Ute Scharfetter stand vor dem riesigen Badezimmerspiegel, der fast die gesamte obere Wandhälfte hinter den beiden freistehenden Waschtischen einnahm.

Mit Kühlkompressen und Camouflage-Make-up hatte sie es geschafft, die Spuren der Schläge in ihrem Gesicht fast verschwinden zu lassen. Als es an der Tür klingelte, zuckte sie derart zusammen, dass die Mascara, die sie soeben auf ihre Wimpern auftragen wollte, am Augenlid landet.

Sie fluchte leise, tupfte die Bescherung mit einem Kleenex ab und ging mit zögernden Schritten zur Tür.

Es klingelte noch einmal und durch die Bleiverglasung

nahm sie undeutlich den Umriss eines jungen Mannes wahr.

Gott sei Dank nicht Stefan!, schoss es ihr durch den Kopf, während sie öffnete.

Die Unternehmensberaterin hatte sich bereits für die Vernissage umgezogen und trug ein elegantes, ausgeschnittenes Max-Azria-Seidenkleid, das ihre Figur umschmeichelte. Ihre schlammfarbenen Pumps klackerten auf dem spiegelnden Parkett, als sie fragend zur Seite trat.

»Guten Tag?«

Svens pickeliges Gesicht wurde rot. Zwar war er Christians Mutter schon ein-, zweimal über den Weg gelaufen, aber so nah und durchgestylt erschien sie ihm überlebensgroß und reichlich einschüchternd. Er rieb seine feuchten Hände an der speckigen Cargohose in Tarnfarbe ab und atmete tief. »Äh …ist Ihr Mann da?«

Ute Scharfetter blitzte ihn an und antwortete scharf: »Nein, das ist er nicht. Worum geht's denn?« Sie war verwirrt. Der Junge sah aus wie einer aus Christians Klasse. Was um Himmels willen konnte er von Stefan wollen? Und warum trat er dauernd von einem Fuß auf den anderen?

»Ich … äh, ich«, stotterte Sven jetzt.

Ute Scharfetter wollte ihm helfen: »Wollen Sie zu Christian? Der ist leider auch nicht da. Aber ich kann ihm was ausrichten.«

Der Junge schüttelte den Kopf. Angesichts ihrer Freundlichkeit hatte er seinen Mut wiedergefunden.

»Nein. Nicht zu Christian. Es geht um den Professor. Wenn er nicht da ist, möchte ich mit Ihnen sprechen.«

Frau Scharfetter blickte auf ihre Uhr. Etwas Zeit blieb noch, bevor sie los musste. Neugierig geworden bat sie Sven in die Wohnung.

Der Junge schaute sich unverhohlen um. Hier war wirklich was zu holen. Das machte ihm Mut. Übergangslos griff er an: »Ich hab gesehen, wie Ihr Mann heute Pfeil und Bogen zur Post gebracht hat. Wenn Sie mir kein Geld geben, sag ich das der Polizei.«

Ute Scharfetter schüttelte den Kopf, als hätte sie Wasser in den Ohren.

Sven missinterpretierte die Geste und setzte nach. »Ich mein' das ernst. Und es gibt einen Zeugen.«

Ute hob begütigend beide Hände. Zeit gewinnen, dachte sie. Zeit gewinnen. Den Fernsehbeitrag auf *Info TV* hatte sie auch gesehen und schlussfolgerte richtig, dass der Junge davon ausging, ihr Mann habe die Mordwaffe verschickt.

»Der Polizei?«, fragte sie nach.

»Die finden das bestimmt interessant. So wie der Plaschke den Christian fertiggemacht hat. Aber ich halt den Mund, wenn Sie mir … wenn Sie mir tausend Euro geben.«

»Tausend Euro?« Ute Scharfetter musste sich bemühen, ernst zu bleiben. Was für eine großartige Chance! Was, wenn es wirklich die Mordwaffe war? Ihren Mann auf diese Art und Weise loszuwerden, erschien ihr allzu verlockend. Und auch, wenn nicht – Stefan gönnte sie jede Art von Ärger. Dieser Junge in den billigen, schlecht riechenden Kleidern musste einfach zu Polizei gehen! So hochmütig wie irgend möglich wandte sie sich an Sven: »Mein Junge, ich weiß nicht, wofür du uns hältst. Das ist wirklich eine Frechheit! Ich möchte, dass du jetzt gehst und dich nie wieder hier blicken lässt!«

Svens siegessichere Miene bröselte in Sekundenbruchteilen.

»A… a… aber …«

»Raus!«

Während er zu Tür stolperte, geiferte Sven wutentbrannt: »Das werden Sie noch bereuen!«

Wohl kaum, schmunzelte Ute Scharfetter, schloss die Tür hinter ihrem ungebetenen Gast und begab sich gut gelaunt zurück ins Badezimmer.

18.20 Uhr

»Mami, Leon ist gemein.«

»Warum ist Leon gemein, mein Schatz?«, fragte Mara Baume ihren Sohn, während sie ihm half, Spaghetti auf seine Gabel zu rollen.

»Weil er das Dreirad nicht hergeben hat.«

»Im Kindergarten?«

»Ja. Ich konnte nur Roller fahren und kein einziges Mal Dreirad.«

»Was haben denn deine Erzieherinnen dazu gesagt?«

»Die haben das nicht gesehen.«

»Wart ihr denn allein im Garten?«

»Bis auf Ela. Aber die hat nicht geguckt. Die hat hinter der Hecke geraucht. Die glaubt, wir sehen das nicht.«

Mara zählte innerlich bis zehn und schloss dabei die Augen. Sie war stocksauer und bemüht, es Gregor nicht spüren zu lassen. Sie wusste, wie sehr der Kleine seine Erzieherinnen mochte, und sie wollte, dass das so blieb, auch wenn sie ein Hühnchen mit ihnen rupfen musste. Wie oft hatte sie den Damen gesagt, dass Sie es unverantwortlich fand, wenn sie die Kinder im Garten allein ließen? Und wie deutlich musste das Rauchverbot im Kindergarten denn noch ausgesprochen werden, bis sich endlich alle dran hielten? Hinter der Hecke! Na, super! Das war zwar außerhalb des Grundstücks und damit technisch nicht mehr im Kindergarten, aber dennoch in Sichtweite aller Kinder. Schließlich ging es hier um Vorbildfunktionen!

Anton legte seine Hand beruhigend auf die seiner Frau.

»Ich kümmer' mich morgen drum. Ich rede mit Ela.«

Mara öffnete die Augen und blickte ihn dankbar an. Im nächsten Moment schrie sie: »Neiin!«

Doch es war schon zu spät.

Gregor hatte sich den nicht gerade kleinen Rest seiner Spaghetti aus dem tiefen Teller auf den Kopf gekippt und strahlte seine Eltern an: »Schaut mal: neue Haare!«

Anton erstarrte für eine Sekunde und brach dann in Gelächter aus: »Nicht bewegen, ich hol' den Fotoapparat.«

Mara brauchte einen Hauch länger, um ihre Fassung wiederzufinden. »Woher hat er das bloß?«

Gregor fing mit der Zunge einen Tomatensoßetropfen auf und lachte: »Wie Luftschlangen. Nur nasser.«

Nachdem Anton seinen Sohn von allen Seiten fotografiert hatte, und dabei laut überlegte, ob ein Tischmanieren-Computerspiel sich gut verkaufen würde, schleppte Mara ihren Sohn unter die Dusche. Ganz so hatte sie sich den trauten Familienabend nicht vorgestellt. Vor allem wollte sie etwas Abstand gewinnen, bevor der Marterpfahlmord sie wieder in Beschlag nehmen würde. Mona, die Praktikantin, hatte im Internet noch eine Menge Informationen rund um Pfeil und Bogen und den dubiosen Professor ausgegraben.

Nicht alles davon hatte der Hausjurist von *Info TV* zur Versendung freigegeben. Mara hielt das Material für so brisant, dass sie Laci angerufen hatte. Doch auf seinem Handy hatte sie nur die Mailbox erreicht.

Während Mara ihrem Sohn eine Geschichte vom kleinen

Drachen Kokosnuss vorlas, rief Laszlo Szögöd zurück.

Anton ging ran. Sein Ton war deutlich unter Zimmertemperatur, als er das Telefon weitergab. »Dein Polizist.«

»Mara hier.«

»Dein Mann mag mich nicht«, lächelte Laci in den Hörer.

»So einfach ist das nicht«, antwortete Mara.

»Was? Mich zu mögen?«

»Nein.« Mara seufzte. »Ich les gerade eine Gute-Nacht-Geschichte vor. Mir ist da was über diesen Professor Scharfetter untergekommen. Seid ihr an dem schon dran?«

»Nach deinem Beitrag haben wir versucht, ihn zu erreichen. Er ist wie vom Erdboden verschwunden.«

»Ich weiß mehr, als wir gesendet haben. Unser Justi hat gemauert, Hörensagen und so. Aber ich hab jede Menge Internet-Ausdrucke. Ich könnte dir die morgen früh vorbeibringen.«

»Sehr gern. Klingel kurz durch, wenn du losgehst. Nummer haste ja!«

19.15 Uhr

Die hellen Räume der *galerie futura* in der Wiesbadener Straße waren schon gut gefüllt, als Ute Scharfetter eintraf. Die Tür zu dem Altbau, in dem die Galerie untergebracht war, stand weit offen. Gesprächsfetzen und Lachen drangen nach draußen.

Ihr kunstinteressierter Klient stand mit einem Glas Prosecco in der Hand vor einem der großformatigen Ölbilder und unterhielt sich mit der Künstlerin. »Ich könnte mir Ihre Bilder sehr gut in meinen neuen Büroräumen vorstellen … ah, Frau Scharfetter! Wie schön, dass Sie da sind!«

Nach einer kurzen Vorstellungsrunde bewegte sich das Trio zum nächsten Bild in den zweiten Raum der Galerie. Während die Malerin weitere Gäste begrüßte, zogen die Unternehmensberaterin und ihr Klient weiter.

Auf einmal löste sich ein Schatten aus der Ecke direkt neben Ute Scharfetter. Die 48-Jährige zuckte zurück.

»Oh, meine Liebe«, säuselte ihr Mann, »ich wollte dich nicht erschrecken. Wenn Sie entschuldigen …«, er wandte sich an ihren Klienten, »ich muss Ihnen meine reizende Gattin für einen klitzekleinen Moment entführen.« Und mit einem eisenharten Griff um ihren Ellbogen, der sein Lächeln Lügen strafte, zerrte Prof. Scharfetter seine Frau in eine ruhige Nische.

»Was zum Teufel wird hier gespielt?« Scharfetter spie seine Worte förmlich aus, obwohl sie so leise waren, dass nur Ute ihn verstehen konnte. Das Lächeln blieb dabei wie festgetackert in seinem Gesicht.

Die Unternehmensberaterin antwortete ebenso leise und scharf: »Du gehörst nicht mehr zu unserem Leben! Du hast den Bogen endgültig überspannt …«

»Oh, wie geistreich! Die Polizei ist hinter mir her. Hab ich das dir zu verdanken?«

»Die Polizei?« Seine Frau schüttelte den Kopf. Ihre Verwirrung wirkte echt. »Warum willst du nicht mit denen sprechen?«

»Was hast du ihnen gesagt?«

»Ich? Wieso ich? Ich hab gar nicht mit der Polizei gesprochen!«

»Dann war das diese Reporterschlampe! Und du, du hörst auch noch von mir!« Mit diesen Worten ließ er seine Frau los, hauchte ihr einen Kuss auf die Wange und charmierte sich nach draußen.

In Ute Scharfetters Kopf überschlugen sich die Gedanken. Ihr Herz klopfte bis zum Hals. Die Polizei suchte also ihren Mann. Klar, die Waffen! Ob Stefan etwas von den Misshandlungen an ihrem gemeinsamen Sohn gewusst hatte? Egal, wenn es so aussehen würde, könnte das all ihre Probleme lösen. Kurz entschlossen griff sie zu ihrem Handy und rief Grazyna an. Danach entschuldigte sie sich bei ihrem Klienten und eilte nach Hause.

Dienstag

8:57 Uhr

Mara war zu Fuß unterwegs. Nachdem sie Gregor in den Kindergarten gebracht und seine Erzieherin Ela wegen ihrer Raucherei zur Rede gestellt hatte, war sie nun auf dem Weg zu Laci.

Innerlich schäumte sie noch immer. Die Aussprache mit Ela war ungut verlaufen. Sie fluchte lautlos. Hätte sie das doch wie ursprünglich geplant Anton überlassen! Irgendwie fand ihr Mann einen besseren Ton gegenüber der Erzieherin.

Immerhin hatte Gregor nichts von der Auseinandersetzung mitbekommen.

Nun trottete sie Richtung Stierstraße zu Laszlo Szögöds Haus. Der wohnte nur ein paar Minuten von ihr entfernt, schräg gegenüber der Philippus-Kirche. Mara schaute gedankenverloren zu Boden und bemerkte die neuen Stolpersteine vor der Kirche erst, als sie fast darauf stand.

Sechzehn Namen standen dort. Martha Bab. Georg und Rosa Beerwald. Flora und Pauline Freyer. Jettka Bleiweiß.

Otto und Käte Ewarth. Iwan und Minna Grünberg. Elly Herz. Dr. Botho Holländer. Dr. Gertrud Löhmer. Herbert Polke. Erich Salomon. Margarete Weil. Sechzehn Menschen, die hier gewohnt hatten und dann von den Nazis deportiert und ermordet worden waren, nur weil sie Juden waren.

Mit den Stolpersteinen an sie zu erinnern war eine gute Sache, dachte Mara. Über diese Menschen hätte sie gern mal eine Geschichte gemacht. Vielleicht gab es noch irgendwo lebende Verwandte?

Aber nicht jetzt. Jetzt war Scharfetter dran.

In Maras Tasche befanden sich eine Menge Ausdrucke aus dem Internet. Dieser Professor war wirklich ein amtliches Arschloch, dachte die Reporterin. Mona, die Praktikantin, hatte Erstaunliches zutage gefördert. Wie genau sie das angestellt hatte, wollte Mara gar nicht wissen.

Schließlich hatte sie Lacis Haus erreicht und drückte auf den Klingelknopf.

Der Hauptkommissar wohnte ganz oben. Sie erinnerte sich noch, wie sie zu Studizeiten die Treppen raufgaloppiert waren, als wäre es gar nichts. Aber auch achtzehn Jahre später kam sie nicht aus der Puste. Die Joggerei lohnte sich doch, grinste sie innerlich.

Als Laszlo Szögöd die Tür aufmachte, erstarrte Mara. Sie hatte einen winzigen, dunklen und muffigen Flur in Erinnerung, eine kleine schräge Kochecke und eine kaum heizbare, rumpelige Dachkammer. Statt dessen blickte sie in ein lichtdurchflutetes, hohes Zimmer, dessen Deckenbalken freilagen und weiß gestrichen waren und auf dessen Gartenseite sich eine ausgedehnte Dachterrasse vor einer coolen amerikanischen Küche erstreckte.

Laci entblößte seine strahlend weißen, wenngleich nicht

ganz ebenmäßigen Zähne: »Du warst eben ewig nicht mehr hier. Komm rein!«

»Meine Güte, wie hast du das denn geschafft?«

»Och, weißt du, im Laufe der Jahre mal hier was renoviert, mal dort. Ich hatte ja Zeit.«

Mara erinnerte sich noch genau, wie entsetzt sie gewesen war, als sie ihn das erste Mal hier besuchte. Szögöd hatte im zweiten Semester von seiner Tante so viel Geld geerbt, dass er sich das nicht ausgebaute Dachgeschoss kaufen konnte. Schon damals wusste er genau, wie seine Traumwohnung irgendwann mal aussehen sollte. Mangels Masse hatte er aber etliche Jahre in der rumpeligen Dachkammer überbrücken müssen, bevor er genug zusammen gespart hatte, um an den Ausbau zu gehen. Diese Phase hatte Mara schon nicht mehr mitbekommen. Sie erinnerte sich noch an frostige Wintermorgen, an denen sie in seinem alten Bademantel eine halbe Treppe zum Außen-WC runtersprinten musste, während er versuchte, den rostigen Bollerofen zum Heizen zu überreden.

»Wie Tag und Nacht! Unglaublich! Das ist eine tolle Wohnung geworden.«

»Danke. Ich hab's dir ja immer gesagt …«

»Hhm.« Mara war plötzlich befangen.

Laci machte sich an der Espressomaschine zu schaffen.

»Doppelt?«

»Bitte.«

Die Maschine zischte und röhrte.

Mara kramte ihre Ausdrucke aus der Tasche und ließ sich auf einem Barhocker an der Küchentheke nieder. »Scharfetter verkauft seit Jahren historische Waffen, Museumsstücke. Es ist ein Wunder, dass ihm bisher noch keiner auf die

Schliche gekommen ist. Vielleicht hat Plaschke eins und eins zusammengezählt? Der ist ja sozusagen vom Fach. Und der Erpressung nicht ganz abgeneigt.«

Hauptkommissar Szögöd stellte einen doppelten Espresso vor Mara hin und ließ die Maschine ein weiteres Mal zischen und röhren. Der Kaffee duftete wie bei Marcello.

Nachdenklich blätterte Szögöd in den Papieren. »Wie bist du daran gekommen?«

»Quellenschutz.«

»Komm schon, dem lieben Laci kannst du's doch sagen.«

»Nee, kann ich nicht. Will ich auch nicht. Aber Information gegen Information. Ist es die Mordwaffe, die er gestern vertickt hat?«

»Wissen wir noch nicht. Aber den Käufer haben wir ermittelt, und der übergibt uns das Paket, sobald es bei ihm ankommt. Sollte heute Vormittag passieren. Gestern hat mich noch so ein pickliges Bürschchen angerufen und erzählt, dass er gesehen hat, wie der Prof ein verdächtiges Paket zur Post gebracht hat. Der Junge war ganz frustriert, weil wir schon an Scharfetter dran sind und er keine Belohnung bekommt.«

»Und wo steckt der Prof?«

»Zu Hause ist er nicht. Wir haben einen Mann vor der Tür. Im Institut ist er auch nicht.«

»Und auf dem Boot?«

»Boot?« Szögöd runzelte erstaunt die Brauen.

»Der hat ein Segelboot. Auf dem Wannsee.«

»Sieh an. Woher weißt du das schon wieder?«

»Von einem seiner Mitarbeiter – ist der Freund von einem Freund ...«

»Tja, da wirst du wohl schon wieder einen Zugriff drehen

können«, grinste der Polizist und griff zum Telefon.

10:03 Uhr

Professor Stefan Scharfetter kam gerade vom Klo aus dem Clubgebäude und wollte mit seinem Kulturbeutel unter dem Arm zurück auf seine Yacht, als die Polizei ihn festnahm.

Mara kniete auf dem Dach ihres VW-Touran und drehte mit ihrer VJ-Kamera über den Zaun des Clubgeländes hinweg, wie die Polizisten dem verdatterten Mann Handschellen anlegten und ihn abführten. Da sie keine Drehgenehmigung auf dem Clubgelände hatte, konnte sie das professorale Boot nicht sehen und war froh, dass der Historiker zufällig gerade an Land gewesen war.

Der Mann wirkte äußerst erregt und aufgebracht. Nur mit Mühe gelang es den Polizisten, ihn in den Streifenwagen zu verfrachten.

Mara ließ das Polizeiauto aus dem Bild fahren, sprang vom Dach ihres Wagens, verstaute die Kamera und fuhr auf direktem Weg in die Brünnhildestraße.

Erstaunlicherweise fand sie unmittelbar vor dem Haus der Scharfetters einen Parkplatz. Noch verblüffter war sie, als Frau Scharfetter sie in ihr Wohnzimmer bitten ließ und ihr gestattete, die Kamera laufen zu lassen.

»Frau Scharfetter, ihr Mann ist eben festgenommen worden. Was sagen Sie dazu?«

Die Unternehmensberaterin rang die Hände. »Was soll ich sagen? Ich habe unseren Anwalt angerufen, der wird Stefan gleich im Polizeipräsidium treffen. Ich fürchte, er hat es einfach nicht mehr ausgehalten, wie dieser Lehrer unseren Sohn misshandelt hat … Es ist eine Tragödie.«

Mara glaubte, sich verhört zu haben. »Wollen Sie damit sagen, dass Sie Ihren Mann für schuld am Tod des Lehrers Plaschke halten?«

»Dieser Mann hat unseren Sohn monatelang gequält und gedemütigt. Christian war gar nicht mehr er selbst. Wissen Sie, mein Mann ist ein Familienmensch. Unser Wohlergehen geht ihm über alles. Mehr möchte ich jetzt nicht sagen. Bitte verstehen Sie das.«

Das stinkt doch, dachte Mara, während sie zusammenpackte. Das passte doch vorn und hinten nicht. Was wurde hier bloß gespielt?

Im Flur begegnete sie Christian und musste zweimal hinsehen, um ihn mit seinen kurzgeschorenen Haaren zu erkennen.

Kopfschüttelnd fuhr sie in den Sender. So was hatte sie noch nie erlebt: Erst die Witwe Plaschke, die vor laufender Kamera sagte, dass ihr Mann nicht sehr beliebt gewesen sei, nicht mal bei ihr selbst. Und jetzt noch die Ehefrau des Hauptverdächtigen, die quasi zugab, ihren Mann für einen Mörder zu halten.

Mara zuckte die Schultern und beschloss, sich an die Fakten zu halten, so wie sie auf ihrem Band waren.

11:47 Uhr

Anja Hartmanns Gummisohlen quietschten auf dem Behördenlinoleum, als sie den langen Gang zu Laszlo Szögöds schmucklosem Dienstzimmer hinunterging. Aus der anderen Richtung kam Ümit Atas mit seinem privaten Notebook unter dem Arm. Wenn es schnell gehen musste, griff der junge Beamte immer auf seinen eigenen Computer zurück. Die veralteten Dienstcomputer trieben ihn an den Rand eines Nervenzusammenbruchs, und mit seinem Notebook gingen Recherchen einfach dreimal so schnell. Der Hauptkommissar und Hartmut Kröger warteten schon auf den Rest des Teams. Kröger zupfte gerade braune Blätter von einem Orangenbäumchen, das mühsam ums Überleben kämpfte. Szögöd hatte die Pflanze von seiner Nichte geschenkt bekommen, die sie selbst aus einem Orangenkern gezogen hatte. Bedauerlicherweise hatte der Hauptkommissar einen braunen Daumen und deshalb beschlossen, dass das Pflänzchen im Präsidium bessere Überlebenschancen hätte als bei ihm zu Hause. Tatsächlich bemühten sich seine Kollegen rührend, die kleine Orange wieder aufzupäppeln. Zsögöd sah fasziniert zu, wie behutsam Kröger mit seinen Riesenhänden an dem zarten Grün herumwerkelte. Anja Hartmann stellte ein Papptablett mit vier Kaffeebechern von Toni auf den Tisch.

Ümit Atas klappte sein Notebook auf. »Verdammt gute Recherche von deiner Journalistenfreundin. Unser Professor ist ein begnadeter Hehler. Allerdings keinerlei Verbindung zu Plaschkes Computer. Auch umgekehrt nicht, ich hab den Compi von Plaschke total durchgecheckt.«

»Wundert dich das?«, fragte Szögöd.

»Ja. Du musst wissen, Plaschke war ein Analphabet der Computertechnik. Der hatte keinen Plan vom Spurenverwischen. Alle Mails an seinen Senatorkumpel sind noch drauf, auch die erpresserischen. Alle Pornoseiten, die er je besucht hat, hab ich sofort gefunden. Wenn der elektronisch mit Scharfetter kommuniziert hätte, wäre das sichtbar.«

»Gut, aber er kann ihn angerufen haben.«

»Nicht von seinem Telefon zu Hause aus. Und ein Handy hatte er ja nicht.«

»Angeblich.«

»Na ja …«

»Okay. Hartmut, was hast du?«

»Ein bisschen mehr. Der Käufer hatte vier Pfeile bestellt, im Paket waren aber nur drei. Die sehen genauso aus wie der, den wir in Plaschkes Brust gesichert haben. Auf dem Bogen und auf allen Pfeilen aus dem Paket sind nur die Fingerabdrücke von Scharfetter. Auf der mutmaßlichen Mordwaffe selbst sind überhaupt keine Abdrücke. Der Bogen hat ein Zuggewicht von 60 Pfund. Die Gerichtsmediziner sind sich so sicher, wie das in so einem Fall überhaupt möglich ist, dass der tödliche Pfeil von eben diesem Bogen abgeschossen wurde.« Der Hauptkommissar nickte. »Anja?«

»Frau Scharfetter kann ihrem Mann kein Alibi geben, weil sie getrennte Schlafzimmer haben. Sie sagt, sie wisse nicht, ob er zur Tatzeit in seinem Bett gelegen habe. Die Söhne äußern sich übrigens ähnlich. Aber nun kommt's: Die Putzfrau hat ausgesagt, sie habe gestern Morgen das Bett des Professors *nicht* gemacht.«

»Er hat nicht darin geschlafen?«

»Das weiß sie nicht. Sie hat es jedenfalls nicht gemacht.«

»Also folgerst du, dass er nicht zu Hause war?«

»Ja, was würdest du denn draus machen?«

Laszlo Szögöd schüttelte nachdenklich den Kopf und fuhr sich mit der Hand durch die kurzen, blonden Haare. »Ich bin ein wenig ratlos. Alle Indizien weisen auf Professor Scharfetter hin. Alle. Und der Mann sagt gar nichts. Also, er sagt seinen Namen und seine Adresse. Aber dann schweigt er. Er scheint komplett neben sich zu stehen. Der Staatsanwalt meint, die Indizien reichen für eine Anklageerhebung. Aber mir wäre ein Geständnis schon lieber.«

Anja Hartmann blickte ihren Chef an. »Ich denke, die Indizien reichen vor Gericht.« Sie zählte an den Fingern ab: »Es war seine Waffe. Wir haben seine Fingerabdrücke. Er hat kein Alibi. Dafür mindestens ein Motiv: dass Plaschke seinen Sohn bis aufs Blut gequält hat. Vielleicht sogar noch ein zweites – falls Plaschke hinter Scharfetters ›kleine Nebengeschäfte‹ gekommen ist.«

Szögöd brummte: »Na gut, dann lasst uns mal an den Schreibkram gehen.«

12.00 Uhr

Die gesamte Redaktion hatte sich um den länglichen Konferenztisch im ersten Stock versammelt. Vor den Redakteuren lagen Zeitungen und Notizen, einige hatten Kaffeebecher mitgebracht, andere Bionade oder irgendwelche obskuren Trendgetränke mit grünem Tee. Als Chefredakteur Andersen in Begleitung des Geschäftsführers von *Info TV* den Konferenzsaal betrat, wich das Gebrabbel erwartungsvoller Stille.

Andersen genoss den Moment sichtlich. Er blieb am Kopfende stehen und musterte die versammelte Mannschaft. Besonders lange blieb sein Blick an Mara Baume hängen. Schließlich grinste er: »Phantastische Arbeit, Leute. Ein Superjob, Frau Baume. Wir hatten gestern …«, er machte eine Kunstpause und schaute auf den Zettel in seiner Hand, obwohl er dessen Inhalt nie vergessen würde, »… wir hatten gestern sagenhafte 11,9 Prozent! 11,9 Prozent Ta-ges-reich-wei-te!« Andersen betonte jede Silbe. »Ich rede von der

Tagesreichweite! Das gab's noch nie! Das schreit nach: Champagner!«

Und auf sein Stichwort hin öffneten sich die Doppeltüren des Konferenzraumes und ein Catering-Unternehmen fuhr Flaschen und Gläser auf.

Stefan Bingemer zwickte Mara in den Arm und murmelte in ihr Ohr: »Was meinst du: Ist ihm grad einer abgegangen?«

Mara raunte zurück: »Wenn's hier kein Rauchverbot gäbe, bräuchte er jetzt die Zigarette danach.«

10.03 Uhr

»Wir müssen reden. Ich weiß, dass er es nicht war. Und du weißt es auch. Was ist wirklich passiert?« Ute Scharfetter sah ihren Sohn Christian eindringlich an.

Der drehte unruhig seinen Schreibtischstuhl hin und her und vermied es, seiner Mutter in die Augen zu sehen.

Die Unternehmensberaterin ließ sich ihm gegenüber auf dem Bett nieder. »Christian. Bitte.«

Der Schüler wischte seine feuchten Hände an den Hosenbeinen ab. »Mama, ich kann da nicht drüber reden.«

»Aber ich muss wissen, was los war. Bisher läuft alles gut für uns. Aber was ist, wenn Papa eins und eins zusammenzählt?«

»Wer würde ihm denn glauben, nach dem, was jetzt alles rausgekommen ist?! Wir haben doch nicht gegen ihn ausgesagt!« Christian trommelte mit der rechten Hand auf der Schreibtischplatte herum.

Seine Mutter stand auf und legte ihre Hand beruhigend auf seine. Mit der anderen Hand fasste sie unter sein Kinn und hob seinen Kopf, sodass er sie anschauen musste.

»Christian, wenn ich dir helfen soll, falls alles schief geht, dann muss ich wissen, wie es war. Verstehst du das?«

Der Junge holte tief Luft.

Ein Schauder lief ihm über den Rücken.

Er wollte nicht mehr an diese Nacht denken.

Er wollte einfach alles vergessen.

Christian schüttelte sich. Dann schaute er seiner Mutter tief in die Augen und sagte: »Es ist besser so. Du hast die Wahrheit gesagt. Das soll so bleiben, Mama. Mit allem anderen muss ich klarkommen …« Dann drehte er sich um und fuhr seinen Rechner hoch.

Ute Scharfetter blieb noch einen Moment unentschlossen stehen, bevor sie sich umdrehte und das Zimmer ihres Sohnes verließ. Leise schloss sie die Tür hinter sich.

15.04 Uhr

Professor Scharfetter starrte die Zellenwand an. In seinem Kopf drehte sich alles. Er fühlte sich, als wäre er unter einen Laster gekommen. Noch immer konnte er nicht fassen, wie er hier gelandet war.

Sein Anwalt hatte ihm geraten, weiter zu schweigen. Seinen Unschuldsbeteuerungen schien er nicht wirklich Glauben zu schenken.

Immer wieder spielte er in Gedanken durch, wie der Abend und die Nacht abgelaufen waren.

Die ebay-Auktion endete am Sonntagabend kurz nach 21 Uhr. Das war seiner Erfahrung nach eine gute Zeit. Viele Käufer boten sonntags mit, da hatten sie die Muße, sich einer Auktion zu widmen.

Nachdem der Käufer feststand, hatten sie per Mail ihre

Daten ausgetauscht und er hatte dem Mann versprochen, Pfeile und Bogen gleich am nächsten Tag loszuschicken. Mit diesem Käufer hatte er bereits mehrfach zu tun gehabt, er wusste, dass er zuverlässig bezahlen würde.

Und dann war ihm eingefallen, dass er die Waffen auf dem Boot vergessen hatte, wo er den Nachmittag verbracht hatte. Christian sollte sie rasch holen.

Doch dessen Zimmer war leer. Schließlich erreichte er ihn auf dem Handy, und sein Sohn versprach, sich um den Botengang zu kümmern. Einen Schlüssel zum Segelclub hatte er auch bei sich.

Gegen Mitternacht war Stefan Scharfetter zu Bett gegangen.

Wieso hatte diese verdammte Putzfrau behauptet, sie habe sein Bett nicht gemacht? Konnte sie so spitzfindig sein, dass sie einen Unterschied machte zwischen den Aussagen »Das Bett war nicht benutzt« und »Ich habe das Bett nicht gemacht«?

Natürlich war ihm nicht entgangen, dass sie seine Übergriffe gegen seine Frau bemerkt hatte. Und Partei für Ute ergriffen hatte. Komisch eigentlich, dass ihn darauf noch keiner angesprochen hatte. Auch der Arztbericht war nicht aufgetaucht. Hatte diese Schlampe von Ehefrau doch dicht gehalten? Aber wieso? Er hatte doch sowieso nichts mehr zu verlieren.

Das metallische Schaben des Schlüssels im Zellenschloss riss ihn aus seinen Gedanken.

»Kommen Sie mit. Sie haben Besuch«, sagte der Vollzugsbeamte in neutralem Ton.

15.30 Uhr

Bestattungen für 499,- EUR: würdevoll muss nicht teuer sein! las Susanne Plaschke auf ihrem Bildschirm. Sie durchforstete gerade das Internet nach einem angemessenen Bestattungsinstitut.

Seit klar war, dass ihr keine Gefahr drohte und der mutmaßliche Täter in U-Haft saß, fühlte die Witwe sich seltsam frei und beschwingt. Am liebsten hätte sie etwas in ihrem Garten gearbeitet und dazu Musik aus dem alten Kofferradio gehört. Aber wegen der Nachbarn zog sie es dann doch vor, sich überwiegend im Haus aufzuhalten.

Noch war der Körper ihres Mannes von der Gerichtsmedizin nicht freigegeben worden, aber früher oder später würde sie einen Bestatter brauchen. Ein Familiengrab existierte nicht. Ihre Eltern hatte sie seebestatten lassen, so wie die es sich zu ihren Lebzeiten gewünscht hatten. Aber Reiner hatte mit dem Meer nichts am Hut gehabt. Es kam ihr pietätlos vor, ihn tot an einem Ort zurückzulassen, den er lebendig nicht gemocht hatte. Auch eine Luftbestattung, bei der die Asche aus einem Flugzeug, Helikopter oder Heißluftballon heraus verstreut wurde, schied aus. Reiner hatte Flugangst gehabt.

Eine normale Beerdigung kam ebenfalls nicht infrage. Susanne Plaschke hatte keine Lust, sich den Rest ihrer Tage mit Grabpflege herumärgern zu müssen. Eine große Trauerfeier würde es auch nicht geben, da kämen mangels Freunden ohnehin nur sensationslüsterne Heuchler.

Statt dessen schwankte sie zwischen einem anonymen Urnengrab und einer Naturbestattung.

Baumbestattung, las sie mit wachsender Neugier, *dabei wird die Asche des Verstorbenen im Wurzelbereich eines Baumes in die Erde eingebracht.*

Was es alles gibt, dachte die Witwe erstaunt. Oder hier: *Diamantbestattung – grundsätzlich können ein oder auch mehrere Erinnerungsdiamanten aus der Urnenasche eines Verstorbenen transformiert werden. Der Erinnerungsdiamant erstrahlt in weiß bis zu einem bläulichen Ton. So unterschiedlich die Menschen sind, so differiert auch die Farbe in ihrer Abhängigkeit vom individuellen Bor-Gehalt der Urnenasche.*

Susanne Plaschke spielte mit der schlichten Goldkette, die sie zu ihrer schwarzen Bluse trug. Ob sie Reiner schleifen und einfassen lassen sollte? Aber nein, sie hatte ihn lange genug am Hals gehabt.

Bei billiger-bestatten-bundesweit.de fand sie schließlich Angebote für Bestattungen in einem Bergbach, Wald- oder Wiesenstück in der Schweiz.

Das wär' was für ihn, dachte Susanne Plaschke und trank einen Schluck Kaffee. Naturverbunden war er ja gewesen.

15.32 Uhr

Die Prozedur war äußerst unangenehm gewesen. Susanne Scharfetter musste am Eingang der JVA Moabit, in die alle Untersuchungshäftlinge überstellt wurden, sämtliche persönlichen Gegenstände zurücklassen. Dafür standen Schließfächer zur Verfügung, aber die funktionierten nur mit 2-Euro-Münzen, und weil sie die nicht passend hatte, musste sie noch einmal zurückgehen zum Geldwechseln.

Dann passierte sie eine Schleuse mit Metalldetektor und wurde unfreiwillig zur Augenzeugin einer heftigen Auseinandersetzung zwischen einer verschleierten moslemischen Frau und einer Vollzugsbediensteten, die der Frau mit Händen und Füßen klarzumachen versuchte, dass sie den Metallring, mit dem sie ihren Schleier befestigt hatte, nicht mit in die Anstalt hineinnehmen konnte und außerdem ihr Gesicht zeigen musste, damit sie es mit dem Passbild vergleichen konnte.

Als sie ihrem Mann schließlich gegenübersaß, hatte sie nicht gewusst, wie sie anfangen sollte. Doch der hatte es ihr leicht gemacht, indem er sie als Erstes anblaffte: »Hast du Geld mitgebracht, damit ich mir da drüben aus dem Automaten mal einen anständigen Kaffee ziehen kann?«

Obwohl Ute Scharfetter die dreizehn Euro, die man Besuchern der Haftanstalt gestattete, in Münzen in ihrer Hosentasche spürte und eigentlich vorgehabt hatte, Kaffee und etwas Süßes aus dem Automaten zu holen, schüttelte sie nun den Kopf. So nicht, mein Lieber, so nicht, dachte sie.

Der Raum war karg, die Stühle unbequem, die Fenster nicht nur vergittert, sondern auch schmutzig. Hätte Stefan sich anders verhalten, wäre vermutlich ihr Mitgefühl mit ihr durchgegangen. So behielt sie einen kühlen Kopf und das Gespräch in der Hand. »Deine Forschungsgelder kannst du vergessen. Dein Ruf ist rettungslos hinüber. Du hast nur eine Chance.«

Professor Stefan Scharfetter kniff abwartend die Augen zusammen.

»Du legst ein Geständnis ab und dann stehst du wenigstens in den Augen der Öffentlichkeit als ein Mann da, der für seine Familie alles geopfert hat.«

»Besser Märtyrer als Arschloch?«, fragte Stefan zynisch.

»Lieber Märtyrer als Arschloch, ganz genau«, gab Ute zurück.

»Und was hab ich davon?«

»Dein Anwalt meint, dass du nicht wegen Mordes angeklagt wirst. Sondern wegen vorsätzlicher Tötung. Dann kommst du raus, wenn du zwei Drittel der Strafe abgesessen hast. Aber wenn alle wissen, was für ein Charakterschwein du bist und wie du mich und die Kinder jahrelang gequält hast …«

»Verdammt, Ute, ich werde doch nichts gestehen, was ich gar nicht getan hab!«

Ute Scharfetter lächelte nachsichtig. »Genau das wird dir kein Mensch glauben. Und wenn der Arztbericht zu den Medien durchsickert gleich gar nicht mehr.«

»Du setzt mir die Pistole auf die Brust?«

»Du kannst nur gewinnen.«

Der Historiker schloss seine Augen und lehnte sich zurück, soweit der harte Stuhl es zuließ. Ute Scharfetter beschloss, der Peitsche etwas Zuckerbrot folgen zu lassen und stand auf.

Als sie mit Kaffee und Schokoriegeln zu ihrem Mann zurückkam, öffnete dieser langsam die Augen.

»Ich hätte nie gedacht, dass es so weit kommt«, murmelte er müde. »Hast du deine Strategie mit meinem Anwalt durchgesprochen?«

Ute nickte. Ihr klopfte das Herz bis zum Hals. Sie hatte weitaus mehr Widerstand erwartet.

»Ich tu also so, als hätte ich aus lauter Liebe zu meinem wohlgeratenen Sohn und purer Verzweiflung gehandelt?«

Ute nickte wieder.

»Und im Gegenzug hältst du den Mund und in den Augen der Öffentlichkeit zu mir?«

Noch ein Nicken.

»Und wenn nicht, nagelst du mich an die Wand?«

Heftiges Nicken.

Scharfetter riss das Papier von seinem Schokoriegel und

biss hinein. Dann blickte er auf. Ute kam es vor, als dringe sein Blick ihr direkt bis ins Herz.

»Du würdest alles für Christian tun, oder?« fragte der Professor fast unhörbar.

»Alles!«, bestätigte seine Frau ebenso leise. »Absolut alles.«

Der Mann senkte den Blick und betrachtete seine Hände.

Schließlich senkten sich seine Schultern und er flüsterte resigniert: »Dann habe ich wirklich keine Wahl.«

Freitag

11:27 Uhr

Mara Baume sang lauthals mit zu Kid Rocks »All summer long«:

»And we were trying different things
We were smoking funny things
Making love out by the lake to our favorite song
Sipping whiskey out the bottle, not thinking 'bout tomorrow
Singing Sweet home Alabama all summer long.«

Der vierjährige Gregor schlug mit einem Kochlöffel dazu den Takt – oder das, was er dafür hielt.

Die Medien hatten nach der raschen Aufklärung im Lauf der Woche das Interesse am Marterpfahlmord verloren und die Berliner Regierungskrise konnte auch ohne Mara stattfinden.

Kurz entschlossen hatte sie sich ein paar Tage frei genommen, genau so, wie sie es Anton versprochen hatte.

Der wiederum hatte ein fantastisches Holzhaus direkt am Strand von Binz auf Rügen im Internet gebucht, und nun mussten sie nur noch packen und losfahren.

»Mami, Ritterburg einpacken!«, rief Gregor aus seinem Zimmer.

»Die ist viel zu groß, mein Schatz.«

»Aber die muss mit!«

»Ich bau dir ’ne Riesensandburg«, kam Anton Mara zu Hilfe. »Viel größer als die Ritterburg. Dann kannst du selber Ritter spielen da drin.«

»Selber Ritter – das ist gut!«, freute sich der Kleine.

Mara nahm ihn auf den Arm und wirbelte mit ihm durchs Zimmer. Anton fing die beiden auf und lachend landeten alle drei auf Gregors kuscheliger Spielmatratze.

Ein halbes Jahr später

Christian schreckte schweißgebadet hoch. Der Traum verfolgte ihn seit vier Nächten. Je näher der Tag des Prozessauftaktes gegen seinen Vater rückte, desto heftiger quälten ihn die Bilder.

Plaschke waberte aus dem Nebel des U-Bahnschachts heraus, den er mit den Waffen seines Vaters in der Hand spät nachts verließ.

Er hörte die verhasste Stimme, die ihn alkoholgeschwängert anlallte: »Na, Christina, keine Angst als Mä’chen so spät allein?«

Er wollte weglaufen, doch Plaschke hatte ihn an der Jacke gepackt und ihm mit seinem ekelhaft säuerlichen Atem ins Gesicht gehaucht: »Du komms’ jetzt mit. Wir ham’ doch den selm’ Weg.«

Er hatte sich schwer auf ihn gestützt und Christian, starr vor Ekel, hatte sich mitziehen lassen.

Der Junge hatte nicht gewusst, wie er sich des betrunkenen Lehrers erwehren sollte, der Obszönitäten und Gemeinheiten vor sich hinlallte.

Auf dem Perelsplatz war er direkt auf den Spielplatz gewankt. Dort hatte er sich plötzlich von Christian gelöst und diesen mit überraschender Kraft zu Boden gestoßen.

»Komm'sen überhaupt her so spät?«, wollte Plaschke wissen.

Christian versuchte, sich aus dem Sand zu erheben. »Das geht Sie nichts an, Herr Plaschke. Bitte lassen Sie mich einfach in Ruhe.«

»Ruhe?« Der Mann lachte schrill. »Brauch'su Ruhe? War'su bei'm Mä'chen?«

Inzwischen hatte sich Christian halb in die Hocke erhoben, doch Plaschke schubste ihn wieder hin.

»War'su bei Serena? Kleine Schlampe krieg ich au' noch …«

In dem Moment senkte sich ein roter Nebel über Christian. Wie an einem Faden gezogen schoss er hoch und landete einen harten Haken auf Plaschkes Kinn. Zu seiner Verblüffung sackte der Mann ohne einen weiteren Ton zu Boden. Direkt neben ein Springseil, das Kinder dort vergessen hatte.

Wie in Trance zerrte Christian den schweren Mann zu der Eiche zwischen Rutsche und Schaukeln.

Als er wieder zu sich kam und sich aufrichten wollte, band der Junge ihn kurzerhand am Baum fest.

Wenn er im Traum die Stelle erreichte, an der er auf seinen Lehrer zielte und den Pfeil losließ, wachte er jedes Mal auf. Und immer kam er aus diesem roten Nebel zurück, der sich in jener Nacht über ihn gesenkt hatte.

Genau wie damals. Als ihm mit plötzlicher, erschreckender Klarheit bewusst geworden war, was er getan hatte. Als er in fieberhafter Hast Pfeile und Bogen abgewischt hatte, damit keine Fingerabdrücke zurückblieben. Und dann die Waffen im Arbeitszimmer seines Vater deponiert hatte, bevor er zu Sven und Marcel geflohen war.

Christian zog sich das durchgeschwitzte T-Shirt vom Leib und ersetzte es durch ein frisches. Dann ging er leise in die Küche und holte sich ein Glas Wasser.

Noch immer lebte er mit der Angst. Vor dem Geist seines Vaters. Der wie durch ein Wunder ein Geständnis abgelegt hatte. Vor dem Geist seines Peinigers. Und vor allem vor dem Entsetzen über sich selbst.

Damit würde er leben müssen. Für den Rest seiner Tage.

Weitere **karo ♦ kiezkrimis** aus Berlin:

kiezkrimi 1

Herbert Friedmann
Toter Wedding
Kriminalroman

164 Seiten
ISBN 978-3-937881-05-8
EUR 14,-

kiezkrimi 2

Peter Rieprich / Norbert Kleemann
Sieben Tage Neukölln
Ein Fall für Borscht

164 Seiten
ISBN 978-3-937881-07-2
EUR 14,-